夏目漱石中短篇選集

夏目漱石／著　陳柏瑤／譯

好讀出版

目錄

琴之幻音

道。

「真是稀客，好久沒來了啊！」津田一邊把過旺的煤油燈火調弱，一邊問

我聽津田這麼一說，擱在緊到快撐破露出膝蓋的褲子上的手，忍不住伸出三指繞起相馬燒茶杯杯底的紋路，一邊思索著。我果然是他的稀客啊，自今年正月見面以來，直到春暖花開的今日，我未再來過津田的寄宿處。

「心裡想著要來，可是總是忙著——。」

「是啊，你應該很忙吧，畢竟與以前在學校念書時不同，這陣子應該都得忙到傍晚六點吧？」

「嗯，大概就是那個時間吧。回到家吃了飯，也該睡覺了，別說自修讀書，就連好好泡個澡的時間也沒有。」我把茶杯放到榻榻米上，露出真不該畢業的神情。

津田對我的這段話，似乎起了一絲絲的同情之意，他說：「原來如此啊，看來瘦了些，想必很辛苦吧。」不知是錯覺嗎？我覺得眼前這個人自取得學士後益顯發胖，著實令人憤憤不平。他的書桌上還攤著一本看來有趣的書，右頁留下鉛筆寫的註記。沒想到他的生活竟如此悠哉，叫我羨慕又忌妒，同時也埋

怨起自己。

「你還是依舊這麼好學，正在讀什麼書啊，還有筆記，看來是做了一番仔細的研究！」

「這本書啊，不過是幽靈的書罷了。」津田一副氣定神閒的模樣。在這個庸忙的世間，專心閱讀著根本非主流的幽靈書，簡直已超越悠哉的境界，而是奢侈了。

「我也想悠閒地研究幽靈啊，——但每天從芝回到小石川那個偏僻的家，不要說研究，我自己都快變成幽靈了，一想就讓人害怕。」

「對了，我都忘了，你這回作為一家之主，是什麼滋味啊？自己坐擁獨門獨院的屋子，想必很有做主人的感覺吧。」津田不愧是幽靈研究者，竟問了介入我心理層面的問題。

「倒不太有做主人的感覺啊。果然還是寄宿的生活，要輕鬆許多，所有的事，有人幫你準備好，或許反倒有種像主人的特別感受。相對的，做主的盡是用銅的藥罐煮水，還是用鐵皮的臉盆洗臉這等事，根本不像個主人啊。」我無意說出了自己的實際遭遇。

「那還是一家之主啊。想到這就是我的家，不由得覺得歡喜。擁有這件事與愛惜這件事，原則來說，大抵是相輔相成的。」津田依據心理學，企圖為我解釋說明人性。所謂的學者，就是那種你即使未請教他，他也會為你一一解釋說明的人。

「我的家，這件事別人怎麼想，我可不知道，不過我可全然不認為那是我的家啊。不過是以我的名字作為一家之主，在門口掛上我的名牌罷了。每月負擔房租七日圓五十錢的一家之主，也不算是什麼了不起的主人，只是主人界裡的屬官階級。既然要當個主人，至少也得是敕任官，不然就是奏任官，否則根本不是什麼開心之事，只是比起寄宿時多了更多麻煩事。」我竟不加思索地發起牢騷，所以不由得窺探了對方的神色，心想若對方略表同情之意，我也打算將未說盡的不滿傾巢而出。

「原來如此啊，也許你說得也有道理，依然寄宿的我，以及擁有新家的你，彼此的立場不同啊。」這話語聽來頗為咬文嚼字，不過看來他終究同意我的說法。照這個事態，就算我再發些牢騷，也無大礙了。

「首先啊，我一回到家，幫傭的阿婆就拿著裝訂成冊的帳本到我面前，詳細稟告今天買了味噌三錢、蘿蔔兩根、斑豆一錢五厘，真是煩死人了。」

「既然煩死，別讓她做，不就得了。」只過過寄宿生活的津田，膽敢說出這樣不負責任的話。

「我也覺得不做無妨，但阿婆不同意啊。我跟她說：『那些事不必一一稟告，只要適可而止就好。』可是她說：『不成，既然這個家沒有女主人，您把整個家交給我，我就不容一錢一厘出差錯。』她頑固地堅持己見，完全不聽主人的話啊。」

「那麼，那你就裝作敷衍聽聽，不就得了？」津田似乎無視於外界的刺激，只顧內心的自由運作，這點看來，真不像個心理學者啊。

「但是，不只是這樣而已啊。詳細稟告開支後，接著又要我對第二天的飯菜提出周詳的指示，弄得我不知該如何是好。」

「要她看著辦，不就好了嗎？」

「我要她自己看著辦，但她又對飯菜全無明確的主意，實在也無可奈何。」

「那你就隨便吩咐，乾脆就列個飯菜的企劃表吧。」

「如果那麼容易，我何來的苦啊。我對飯菜的知識實在貧乏。她來問我，『請問明天的御御御付要放什麼料？』而我就是那種無法立刻回答出來的男人……。」

「什麼是御御御付？」

「就是味噌湯啊，因為是東京出身的阿婆，東京流的文雅說法就是御御御付。總之她來詢問湯裡該放什麼料時，我該做的事是把可以放進去的料，一一有秩序且準確地排列出來，然後再做出選擇。但是，第一個困難是必須一一思考且列出，至於如何取捨列出品項，又是第二個困難。」

「搞得那麼困難才能吃頓飯，實在太窩囊了。畢竟你無特別的偏好，才導致困難重重。原則上，人對兩個以上的事物有著相同程度的喜惡時，勢必影響決斷力，而出現遲鈍。」津田又把清楚不過的事，刻意搞得複雜起來了。

「以為不過是充其量拿味噌湯的料，找我商量罷了，沒想到還干涉了奇妙的事。」

「什麼？還是食物的事嗎？」

「嗯，她每早在醃梅上灑上白砂糖，非得要我吃一個不可。若我不吃，阿婆就非常不高興。」
「吃了，做什麼用呢？」
「聽說有除病消災的魔力。而且，阿婆的說法很有趣。她說：『不論去日本哪個旅館投宿，早上不都端上醃梅？如果這個魔力沒有效，又怎會變成普遍的習慣呢。』因而得意洋洋地要我吃下醃梅。」
「原來如此，也挺有道理的，任何習慣皆具相應的效力啊，所以才能維持下來啊，就連醃梅，也不能等閒視之啊。」
「為什麼連你也站到阿婆那一邊去呢？害得我全無像個主人的感覺了。」
我將抽剩的捲菸丟入火鉢的灰燼裡，燃燒殘餘的柴火中蠕動地冒出白煙，斜斜地劃出個「一」字
「總之，就是個因循守舊的阿婆吧。」
「守舊就不必說了，簡直是迷信阿婆。她好像會每個月兩、三次往返傳通院附近，去找某某和尚。」
「莫非她有親戚是和尚？」
「還不就是和尚為了賺她的錢，給她算命。那和尚淨管些多餘的事，搞得

事情愈發不可收拾。其實，就連我搬到這個家時，也說些諸如方位或流年不利之類的事，搞得我非常為難。」

「你是搬了房子，才雇用阿婆的，不是嗎？」

「雇用是搬家的時候，但在此之前就已經約定說好。事實上，阿婆也曾在四谷的宇野家幫傭，母親說：『既然這樣，就沒問題了，平時留她一人在家，也無須擔心。』於是才約定下來。」

「既然是你未婚妻的母親大人鑑定過的，那阿婆鐵定是穩當的。」

「人是穩當沒錯，不過就是迷信到令我驚訝。竟在搬家的三天前，聽說又到那個和尚處，請他算了算。結果，和尚說：『如果現在從本鄉往小石川方向遷移，甚為不吉利，肯定家門不幸。』這不是多管閒事嗎，身為和尚卻裝作什麼都懂的模樣，亂吐狂言。」

「不過，在商言商，也是沒辦法的事。」

「如果是在商言商，倒情有可原。既然拿了錢，就說些不傷大雅的事吧。」

「不是我的錯啊，你就算遷怒於我也解決不了問題啊。」

「不僅如此，他還附加補充，尤其對年輕女孩不吉利。這麼一來，阿婆能不擔心嗎，如果提到這個家裡的年輕女孩，不正就是近期要嫁到這裡的宇野家的女兒嗎，於是她獨自下了結論，一人默默擔心起來。」

「不過，不是還沒嫁到你這裡來？」

「人都還沒嫁過來，就擔心著，真是自尋苦惱。」

「這事簡直讓人分不清是開玩笑，還是認真了。」

「我也不知道該怎麼說下去了。不過，最近我家附近老有野狗嚎吠。……」

「野狗嚎吠與阿婆，又有何關係？我實在起不了任何聯想啊。」津田皺了皺眉頭，他實在難以用他擅長的心理學解釋說明這回事了。我為了緩和心情，又向他要了一杯茶。相馬燒茶杯，是既便宜又尋常的茶杯，據說是窮士族兼職牟利而燒製出來的。當津田拿出三十錢的茶渣，在那個便宜的杯裡沏出滿滿一杯茶時，我竟不由得厭煩起來，已無喝下的心情。那茶杯杯底，繪著狩野法眼元信[1]流派的馬，生動跳躍，讓人覺得與這廉價好不相配，儘管感嘆那馬繪得

1室町後期的幕府御用畫師。

甚好，卻自覺無義務喝下不想喝的茶，著實不願取茶杯了。

「快喝吧！」津田催促著。

「這馬畫得真傳神，馬尾一揮，亂了鬃毛的模樣，肯定是匹野馬。」我不喝茶，改稱讚起馬了。

「別開玩笑了，剛說到阿婆，又突然轉到狗的事，這回卻又從狗到了馬，未免太突然了吧。後來到底怎麼回事了？」津田催著我說下去。看來不喝茶也無妨了。

「阿婆說啊，那嚎吠聲可不是單純的嚎吠，肯定是這附近有怪事發生，得提防小心才是。可說是提防小心，又不知道該如何提防小心，只好聽天由命，簡直讓人對她的嘮叨，無言以對。」

「狗吠得如此嚇人嗎？」

「狗根本沒怎麼吠叫啊。首先，我睡得熟，就算狗吠也全然不知。但是，阿婆趁著我醒時對我抱怨，反倒讓我為難了。」

「原來如此，你總不能要阿婆趁你睡著時再說什麼提防小心的話。」

「偏偏在那個時候，我未婚妻竟感冒了。正好如阿婆所預言一般，實在讓人受不了。」

「即使如此，宇野家的千金小姐，人還在四谷啊，實在用不著操心啊。」

「操心的是迷信的阿婆啊，她說：『您若不搬家，小姐的病就無法盡快康復，請務必在這個月內，找到一個方位佳的處所，搬出去！』我簡直被離譜的預言者抓得正著，困擾極了。」

「也許搬出去，真的比較好吧。」

「你胡說八道什麼，我才剛搬過來啊。真要那樣頻頻搬家，就要破產抵債了。」

「但是，病人不要緊嗎？」

「就連你也說些莫名其妙的話。莫非你也受到傳通院和尚的影響了？你這不是在嚇我嗎？」

「不是嚇你啊，是問問要不要緊，我擔心你妻子的健康啊。」

「當然不要緊，只是有些咳嗽，是流感。」

「流感？」津田像是過度驚訝，突然大聲喊叫起來。這回真的嚇到我了，我不發一語盯著津田。

「你得小心啊！」這第二句話是壓低嗓門，不同於第一回的大聲喊叫，這回的壓低聲量反而貫穿耳底似的，滲透入腦中，不知為何如細細的針刺入根部，宛如骨子也回應了低沉卻清透的聲音。又像是碧藍琉璃般的天空突然出現瞳孔大小的黑點，或將消失？或將溶解解離？除非是颳起了武庫山風暴。如同瞳孔大小黑點的命運，也取決於津田接下來的說明。我不知不覺拿起相馬燒茶杯，將杯裡的冷茶一飲而盡。

「你非得小心不可啊！」津田又以同樣語氣說著同樣的話。瞳孔大小的黑點，變得更黑了，無論是解離或擴散，都難以收拾了。

「真是觸霉頭，竟這樣嚇唬人，哈哈哈。」我故意大笑，然而心神不寧略顯氣弱的笑聲，聽來頗為多餘，在我意識到後，連忙停止了笑，但停止的同時，又覺得這樣頗不自然，還是應該笑到結尾才是。不知津田如何看待這個笑聲，只是他一開口，依然如方才的口吻。

「哎呀，其實不瞞你說，是最近發生的事，我的一位親戚染上流感啊。他以為沒什麼，就不當一回事處理，結果才一週就釀成了肺炎，最後竟不到一個月就死了。當時醫生說，近來的流感病毒厲害，一不小心就會變成肺炎，不得不小心啊，——簡直如夢一場，好可憐啊！」津田話說到一半，面露令人心煩的憂傷神情。

「咦，那可真是意料之外的事啊，為什麼會變成肺炎啊？」因為擔心，我心想還是問問吧，以作為參考之用。

「你問為什麼啊，也沒什麼特別的事件，——所以，我才說你得小心啊。」

「你說得是！」我滿心認真地說出這句話，殷切地望著津田，他依舊一臉憂傷。

「討厭啊討厭啊，別想了。二十二、三歲就死了，真是太無趣了，而且，丈夫還赴了戰場——。」

「啊，是女的啊？那真是可憐啊，那位軍人。」

「嗯，她丈夫是陸軍中尉，才結婚不到一年呢。我去靈前守夜，也去了告別式——她母親哭慘了——。」

「肯定哭的，誰都會哭慘的。」

「告別式那天，飄著細雪，真是寒冷的一天。和尚誦完經，準備下棺時，她母親站在墓穴旁動也不動，雪落到她的頭上，雪花斑斑的，我趕緊為她撐起洋傘。」

「真是貼心啊，沒想到你會做出這麼體貼的事。」

「畢竟不忍見到那傷心的模樣。」

「是啊！」我又看了一眼法眼元信的馬。覺得自己此際肯定受到對方憂傷神情的影響，突然想問死去那女人的丈夫消息。

「那麼，她丈夫沒事吧？」

「她丈夫隸屬黑木軍[2]，幸好平安無事。」

「他得知妻子死去的消息，肯定很吃驚吧？」

「呀，關於這件事，其實也是不可思議啊，妻子竟去到丈夫所在的地方，那裡就連日本寄出的信也無法送達啊。」

「你說她去到了？」

「她去見她的丈夫了啊。」

2日俄戰爭時，以黑木為楨為首的第一軍。

「為什麼？」

「什麼為什麼，她就是去見她的丈夫了。」

「如何去見，她不是死了嗎？」

「就是死了才去見她的丈夫啊！」

「胡說八道，就算再怎麼思慕丈夫，誰能變出那樣的把戲啊，簡直就是林屋正三[3]的怪談。」

「不，她真的去了，那也是沒辦法的事啊。」津田一點也不像個受過教育的人，頑固堅稱這麼愚蠢的事。

「什麼是沒有辦法的事，——別說得好像你親眼看見，真是太可笑了，你竟然認真說出這種事。」

「當然是真的。」

「我更驚訝了，你簡直就像我家的阿婆。」

「就算是阿婆也好阿公也好，事實就是事實，也是沒辦法的事。」津田終

---

3 江戶時代的落語家，是添加道具的怪談創始者。

於有些激動起來。看來他不像是在捉弄我，看他認真說話的模樣，想必事出有因。津田與我，進入大學後，就讀的科系不同，不過在高等學校時是同班。當時全班大約四十多人，我的成績通常丟臉得敬陪末座，津田老師則毅然始終保持第二、三名之列，以此看來，他的頭腦明顯比我贏過三十五、六名。那樣的津田雄辯到幾乎要躍身而起的地步，必然不是胡鬧說笑的。我是法學學士，面對眼前的事件，慣於按照所見的，以常理做出判斷，與其說自我的思慮不能迂迴於其外，更應該說是不熱中此道，而刻意迴避。幽靈啊，法術啊，因果啊，思索這些猶如捕捉雲朵的事物，更令我討厭至極。津田的腦袋讓人戒慎恐懼，這個令人戒慎恐懼的津田老師竟認真談起幽靈，礙於道義逼我不得不改變面對問題的態度。平心而論，我僅相信，自維新以來，幽靈與苦力已永久廢除。然而，看見方才津田的模樣，似乎這幽靈又在我不知不覺間再度復興起來。我記得剛才問及桌上的書時，他回答是幽靈的書。總之，也不是什麼有損之事，對庸庸碌碌的我來說，恐怕難有這樣的機會了，我終於暗自決定為了累積自己往後的知識，就姑且聽聽之後再回去吧。看樣子，津田還想繼續說下去。一個想說，一個想聽，也不表示事情有所結論。漢水依然西南流[4]，是千古不變的法則。

「幾番詢問確認，聽說那妻子在丈夫出征前曾發過誓。」

「什麼誓？」

「萬一丈夫不在家期間，即使患病快死了，也絕不這樣就死去。」

「什麼！」

「她發誓，她的魂魄必定去到丈夫身邊，再看丈夫一眼。因丈夫是軍人又性格磊落，忍不住笑著回答：『好啊，歡迎你隨時過來，我再帶你去戰場參觀。』語畢即赴滿洲。而後，他便徹底忘了此事，心無牽掛。」

「是吧，就算我未赴戰場，也會忘了那種事啊。」

「聽說，那丈夫出發前是由妻子幫忙備齊行囊等，那妻子在行囊裡放了一面可隨身攜帶的小鏡子。」

「咦，你還打聽得非常詳細啊！」

4漢水是指中國的漢水，流向應為向東南流，為夏目漱石的筆誤。但也有研究者認為，熟知中國知識的夏目漱石是故意寫不可能的流向，切合本篇的幽靈主題，代表所見事物可能不會如一般認知。

「哎呀，那是因為之後他從戰場來信，才清楚來龍去脈。——那面鏡子，時常揣在那丈夫的懷中。」

「嗯。」

「某個早上他照例拿出鏡子，不經意端詳。——結果映在鏡子裡的——本以為是一如往常那張滿是鬍鬚與汙垢的臉——但不可思議啊——真是奇妙的事啊！」

「到底怎麼了？」

「據說突然出現那蒼白病容的妻子身影，——哎呀，實在難以置信，說給誰聽，都會被認為胡說八道。我在看了那封信之前，也是那些不信此事的人之一。不過他寄出信時，正是我們發出死亡通知的三週前啊。說是扯謊，根本正值無扯謊憑據的時期。再說，也無扯那種謊的必要，不是嗎？在生死難料的戰爭中，誰還有心情編造寫下像小說的故事，再寄回到家鄉啊？」

「是啊！」話雖如此，我其實還是半信半疑。儘管半信半疑，卻有種說不出的駭人、詭異，若要一言以蔽之，就是升起了與我這個法學學士不吻合的感受。

「聽說那妻子不發一語，僅是沉默地在鏡子裡凝視著丈夫。當時訣別時妻子所說的話，突然如漩渦在丈夫的心中湧起，想必是如此啊。他在信裡寫道，他的心情猶如用鐵鏟灼燒大腦般。」

「竟有這般怪事！」既然津田都引用信中的文句，似乎非信不可了。不知為何有種騷動不安的情緒，若津田此時大叫起來，我肯定嚇得魂飛魄散。

「因此調查了時間，發現那妻子氣絕時，竟與丈夫看到鏡子時，是同日同時。」

「更加不可思議了！」聽到此，真心覺得不可思議了。「不過，不可能會有那種事啊！」為了慎重起見，我還是質問了津田。

「這本書就記載著那樣的事啊。」津田從書桌上取了方才的那本書，一邊鎮靜答道，「近來啊，聽說已可證明有些事是有可能的。」似乎在法學學士不知情的期間，心理學者已復興了幽靈，讓人不容再看輕幽靈之事。不該對不懂的事發表意見，不懂等於毫無能力。所以關於幽靈之事，法學學士必須盲從文學學士。

「就遠距離的情況下，即是起了一種感知某個人的腦細胞與他人細胞的化學變化。」

「我是法學學士，所以實在弄不懂那樣的事。總而言之，就是理論上，那樣的事仍是可能的？」如我這般頭腦不清楚的人，與其理解其中的道理，還不如直接導向結論，更為簡單。

「啊，總之結論的確是那樣的。這本書裡有許多實例啊，其中布魯漢勛爵看見幽靈之事，就與我們剛才說的那事，屬於同樣情況。非常有趣啊，你知道布魯漢吧？」

「布魯漢？布魯漢是誰？」

「是英國的文學家。」

「當然不知道啊，我可不是自豪啊，說起文學家，我只知道莎士比亞與彌爾頓，以及其他兩、三位而已。」

或許津田覺得與我這樣的人討論文學也是徒勞，遂又回到先前的話題上，「正因為如此，宇野家的千金還是要小心提防啊。」

「嗯，我會要她留意的。不過萬一出了事，只要她不發誓堅持來看我一眼，應該就沒事了吧。」我說得幽默，其實心裡不由得不快。我取出錶一看，已近十一點。這可不得了了，家裡的阿婆想必又在為狗嚎吠之事苦惱，我恨不得立刻返家。

「反正早晚我會去見識那位阿婆的！」津田說道。

「我會好好招待你的，請一定過來啊！」我對著他說，然後隨即離開他在白山御殿町的寄宿處。

奮不顧身盛開的彼岸櫻，讓人以為春天好不容易來了，不過那也僅是二、三日的短暫時間。如今，或許就連櫻花都後悔自己操之過急了吧。憶起前日，溫熱的風吹拂著帽子，我拚命拭去額際滲出的油脂汗水，以及附著在上的塵沙，簡直猶如去年的心境。昨天突然開始變冷，今晚更是寒冷。已不是初春餘寒的季節，卻如此反常，我遂立起外套的領子，從盲啞學校前穿越植物園，一路漫不經心地走下去。不知何處的鐘聲，像在夜裡畫起波紋似的，繞著靜謐的天空而來。我想著，十一點了啊。——究竟是誰發明了報時鐘的鐘聲[5]。以前

5日本天明至明治時期間，報時的鐘聲。

從未留意，這回仔細聆聽，真是奇妙的聲響啊。一個聲音像是撕裂且帶有黏性的年糕般，被切割出好幾個聲音。正以為被切割開來的聲音就要沒了，沒想到聲音變細後，又勾連出下一個聲音。又正以為被勾帶出的聲音變大時，再度猶如筆尖般自然變細。——我邊走邊聽著那聲音奇妙地時而延長時而縮短，感覺自己心臟的跳動也隨著鐘聲的波動時而延長時而縮短似的。最後就連我的呼吸也禁不住企圖配合鐘聲。今晚，無論如何我都不像個法學學士了。就在快步繞過派出所的轉角之際，冰冷的風迎面而來，還有斗大的雨落在臉上。

極樂水[6]是異常陰晦的地方。近來，兩側搭建起長屋，雖不若以前那般荒涼，但兩旁黯然得猶如空屋，總讓人感覺不舒服。既是貧民，勞動是必然的附屬。不勤於工作的貧民，簡直喪失了身為貧民的本性，不配作為生物。我現在經過的這個貧民居住的極樂水，即使如何被鞭打也不見復甦，始終安靜。——也許早已死了吧。滴滴答答的雨愈漸變大，而我未帶傘，想必回到家已全身濕透，我咋舌望著天。雨不停從昏暗的天空落下，看來一時是不會停的。

6屬於文京區，位在連結共同印刷株式會社與社會福祉會館的坂道之左側一帶。

突然在九、十公尺遠處，出現白色物體。就在我站在路中央，伸長脖子觀察之際，那白色物體毫不退避地朝我這裡走來。不一會兒即從我的右側掠過，──只見白色布巾包裹住一個柑橘箱大小的桶子，兩個身著黑衣的男子一前一後，以竹竿挑著。大概正要去喪禮或火葬場的路上吧。桶子裡裝的應該是還未斷奶的嬰孩。黑衣男子們也不交談，僅是默默挑著棺桶。想必是在深更半夜挑著棺桶，怎麼說也不是理所當然之事，乾脆埋頭挑著走了。我覺得稀奇，忍不住回頭望著消失在黑暗中的棺桶，就在那時，從彼端傳來說話聲。那聲音不高也不低，在深夜裡反顯得回聲繚繞。

「也有人昨天才出生，今天就死了啊。」一人說道。「命啊，全都是命啊，有什麼辦法。」另一人答道。方才掠過我身旁的兩個影子，如今已隱入幽暗中，大雨裡只留下棺桶後方快步行走的木屐聲。

「也有人昨天才出生，今天就死了啊。」這句話不斷反覆在我心中。既有昨天才出生今日就死的人，當然也有昨天才生病今天就死的人。縱使是吸了二十六年婆娑世間空氣的人，患了病也絕對有資格死去。像這樣在四月三日深夜十一時爬上極樂水，或許說不定就爬向了死亡。──什麼，我不想再往上爬了，暫且站在坂道中途。但是這一站，也或許說不定就站著死去了。——只好再邁步前行。

我從未留意到，死亡這件事竟是如此牽動人心。一旦留意了，無論是站著無論是走著，都變得擔心，就算回家躲進被窩裡，也許依然還是擔心。為何長久以來我竟如此平心靜氣地活著呢？想想，在學校時一心想的只有考試與棒球，根本無暇思考死亡之事。畢業以後，一想著筆與墨水，以及月薪夠不夠用，還有阿婆的牢騷埋怨，依然沒有閒暇思考死亡之事。再怎麼樂觀的我當然也知道人必然一死，然而今晚卻是有生以來第一次真實感受到自己終將死去。深夜，猶如巨大的黑色物體，無論是步行也無論是站立，夜都從上下四方封住我，逼得在其中的這個我，彷彿非溶解不可。我本性不拘小節，坦白說對於名利也淡然處之。就算死，也無掛念之事。雖說無掛念，仍對死之事十分厭惡，無論如何我都不想死。這才開始領悟，死亡原來如此令人厭惡。雨漸漸變大，當我觸摸到飽滿雨水的外套時，濕漉漉的，像是手壓到浸濕的海綿。

穿過竹早町，我朝切支丹坂邁進。我不知道切支丹坂之名的由來，此坂道一如它的名字怪異。爬上坂道時，我才想起前些時候經過這裡，那時看見從堤防旁斜向往來道路的告示牌，上面寫著：「日本第一陡峭坡道，不想死的人，小心啊！小心啊！」我覺得滑稽，忍不住笑了出來。今夜卻笑不出來了。「不想死的人，小心啊！小心啊！」這句話像是聖經裡的格言印在我的心中。

坂道幽暗，下坡時一不小心肯定摔得四腳朝天。因擔心害怕，所以我來到坡高的八成處即往下望，想鎖定標的物，然而漆黑得什麼都看不見。老朴樹的枝幹從左側的堤防毫不避諱地延伸出來，遮蔽得坂道鋪天蓋地的，根本無法透進陽光，即使白天下坡，仍像快掉落谷底似擔心害怕。我抬起頭以為看得見朴樹，可是若有似無，只聽見接連不斷的雨淋注在黑色物體上的聲音。走下幽黯的坂道，經過羊腸古道，再往茗荷谷方向爬坡步行七、八個街區，就能回到位於小日向台町的家，不過這段爬坡路總讓我有些毛骨悚然。

就在茗荷谷的坡道中途處，我看見了紅紅的火焰。不知是方才就瞧見，還是抬頭的瞬間才察覺，總之透著雨水，清晰可見。我以為那是豎立在大宅邸門前的瓦斯燈，卻見那火焰閃爍不定，猶如搖曳的中元燈籠 。——不是瓦斯燈，那又是什麼？再看，這回那火焰猶如波浪在雨水與幽暗間上下穿梭移動。——就在漸漸辨識出是提燈時，瞬間又消失不見。

看見那火焰時，我突然憶起露子。露子，是我未婚妻的名字。我的未婚妻與那火焰有何關聯，也許就連心理學者津田也無法說明吧。不過縱使是心理學者無法解釋的事，並非意味著就不能聯想。這火焰，赤紅，鮮豔，猶如消失了尾端的繩子，的確讓我在瞬間之際憶起我未婚妻。——同時，火焰消失的剎那，我也毫不遲疑想到露子的死。我撫著額頭，盡是汗水與雨水。我不顧一切地往前走。

下了坡道，來到狹窄的谷道。過了谷道，再一路往西，即來到陡坡，緊接著又是另一條谷道。這一帶是所謂的山手赤土，稍被雨淋過，路就泥濘得連木屐的齒跟都要陷落其中，不得動彈。天色既暗，一旦木屐踩在深及腳踝的泥土裡，可不是那麼容易前行。我勉強迂迴前行，拐過像是枸杞籬笆牆的轉角，眼前猛然又出現那紅色火焰。仔細一看，是巡警。他把那火焰逼近我的臉，然後留下一句，「不好意思，請小心啊！」隨即擦身而去。我想起津田的那句「你得小心啊！」與巡警的「不好意思，請小心啊！」簡直如出一轍，忽然胸口如鉛塊般沉重。那火焰啊，那火焰啊，我上氣不接下氣地跑了起來。

根本不知道自己走到哪裡，又是如何走過，如流星飛奔到家時，已近十二時。一手持著昏暗燈火的阿婆從屋裡跑了出來，放聲叫著：「老爺！發生什麼事了？」只見阿婆的臉色蒼白。

「阿婆！發生什麼事了？」我也大聲喊著。阿婆擔心害怕從我這裡聽到什麼，我也害怕從阿婆那裡聽到什麼，兩人相互問著「發生什麼事了？」卻又不回答對方，只是凝視著對方。

「水啊——水流了下來。」阿婆提醒著。原來冰冷的水滴，從飽含雨水的外套下襬、帽簷，毫不留情地滴落在榻榻米上。我隨即抓住帽緣，把帽子丟了出去，帽子滾到阿婆雙膝旁，帽內裡的白緞布朝上露了出來。脫掉灰色的長外套時，一甩一丟之際總覺得比平時沉重。阿婆見我換上和服，打個寒顫，漸漸恢復元氣，又再度問道，「發生什麼事了？」這回她總算略微鎮定。

「什麼事啊，也沒什麼特別的事。只是被雨淋罷了。」我盡量不顯出軟弱。

「不，您的臉色不同尋常。」畢竟是堅信傳通院和尚的阿婆，也頗會看相。

「我才要問你發生什麼事了？你方才簡直牙齒都在打顫！」

「老爺要如何奚落我都無妨。——不過老爺啊，這事可不是等閒之事啊！」

「嗯？」我不禁心臟緊縮，「怎麼了？我不在時發生什麼事了？四谷有人來說了病人的消息嗎？」

「您瞧瞧，您明明如此擔心著小姐的事。」

「他們說了什麼？還是來了信？或是捎了口信？」

「無論是信或口信都沒有。」

「那是電報嗎？」

「也沒有什麼電報。」

「那麼，到底怎麼回事——你快說啊！」

「今晚的叫聲不一樣了！」

「什麼？」

「您還問什麼，我打從入夜後就擔心得不知如何是好，這可不只是小事啊！」

「什麼啊？我不是叫你快說！」

「就是前陣子跟您提的狗的事。」

「狗？」

「是的，狗嚎吠的事。若您照我所說的去做，就不至衍生到這個局面，因為您老覺得我迷信什麼的，實在太瞧不起人了……。」

「什麼這個局面或那個局面的，不是什麼事都沒有發生嗎？」

「不，不是那樣的。老爺在回家的路上，不是也在想著小姐生病的事！」

阿婆一針見血，像是一把幽暗裡閃著寒光的刀刃突然刺進胸口。

「肯定是會擔心的。」

「您看吧，我果然是有預感的。」

「你說的預感，是真的嗎？你以前也有類似的經驗嗎？」

「何止是經驗而已，您沒聽古人說，聽到烏鴉叫就是有壞事要發生了？」

「原來如此，我聽說過烏鴉叫的事，可是說狗嚎吠不祥的，可只有你一人啊——。」

「不，您呀！」阿婆以極輕藐的口吻否定我的疑問，「都是同一回事。我可是清楚明白那狗吠代表什麼，比起理論，證據事實才是不容忽視的。」

「是嗎？」

「老人家說的話，不能不信。」

「我沒有不信。我非常清楚不可不信，所以你的什麼話都聽——不過狗吠的事，真的靈驗嗎？」

「您看，您還在懷疑我說中的事。隨便您了，您明天一早去一趟四谷，肯定發生什麼事了，我向您保證。」

「你說肯定發生什麼事，真讓我厭煩，難道沒有其他辦法了嗎？」

「所以，才要您盡早去一趟啊，您實在太固執了——。」

「以後我不再固執了。——總之明天盡早去一趟四谷，還是今晚待會就去也行啊……。」

「今晚不能去，我可無法一人在家！」

「為什麼？」

「您還問為什麼，實在太令人害怕了，叫我坐立難安啊。」

「可是你擔心四谷的事，不是嗎？」

「擔心啊，但我也膽小害怕。」

此時，伴隨穿過屋簷落下的雨水聲，彷彿聽到什麼爬過地面，發出了裊繞的低吟聲。

「啊！就是這個！」阿婆睜大眼睛小聲地說道。果然是陰森可怕的聲音。我決定今晚就睡在這裡。

一如往常鑽進被窩裡的我，卻因在意那低吟聲，一刻也不敢闔眼。

一般的狗吠聲，從頭至尾像柴刀砍雜木柴般，是筆直拉長的聲音。如今聽到的低吟聲，可不那麼簡單自然。聲音的幅寬不斷變化，如見曲折，含帶圓潤。像是蠟燭的火，從細尖開始，逐漸富滿擴展，直到油耗盡的燭芯之火，再度漸漸微小消散。分不清是在哪兒吠叫，以為在百里遠外，然而隨著風吹傳來的細微之聲，又似近在屋簷下，即使埋在枕頭裡的耳朵也聽得見。那嗚嗚嗚的聲音，連續著好幾個圓弧的段落，繞著住家周圍兩、三回後，不知何時又變成了哇哇哇的聲音，然後隨著一陣疾風飄往遠方，餘尾幻化為嗡嗡嗡的聲音，遂遁入幽暗裡。那嚎吠聲，像是原本活潑的聲音遭到無情的壓迫，因而變得陰鬱。那嚎吠聲，也像是原本躁進的聲音遭到權勢的威逼，因而變得沉痛。是毫無自由，受到壓抑而不得不發出的聲音，比起天性的陰鬱、天性的沉痛更加無奈，就連聞者也難受。我用被子摀住耳朵，在被窩裡仍聽得見，而且，比起不摀時更加難受，只得又掀開被子。

不久，嚎吠聲突然停止。這深夜，應該無任何生物能撤去那嚎吠聲了。然而，此刻我家猶如沉入海底般的安靜。不安靜的只有我的心。在這一片安靜中，只有我的心不斷臆測著何事將發生。儘管如此，究竟何事會發生，我卻絲毫無把握。莫非是什麼不明物體要從這深夜裡冒出來了嗎？那樣的擔心，猛烈亢奮著我的神經。想著，現在就要出來了嗎？是現在嗎？我將五指伸進髮絲裡，胡亂抓著。已經近一週未洗澡洗頭，指間盡是油垢。如果這安靜的世界起了變化——似乎在變化了。就在今晚，就在天亮以前，肯定會發生什麼。我等待著這一秒，不斷等待再等待著這一秒，若問我在等待什麼，我也回答不出來。就因為是不明所以的等待，便更加痛苦。我伸出抓過頭皮的手，茫然地望著，看見指甲裡藏著灰黑半月形的垢。同時，胃停止了蠕動，肚子乾癟得像被雨淋濕的鹿皮又被日曬後的模樣。若狗能繼續吠叫，倒還好。吠著吠著，即使心生厭煩，至少還明白自己厭煩的程度。然而變得如此安靜，實在難以預測背地裡還有何令人更厭煩的事即將發生，或是在不知不覺間逐漸醞釀。狗的嚎吠，我可以忍受啊。我翻過了身，仰躺著期待傳來狗吠聲。天花板幽幽印著圓圓的光影。仔細一看，那圓影似乎動了起來。我以為終於要出現不可思議之事了，躺在褥墊上的背脊突然發冷起來。我張著雙眼監視著，確認那光影是否在動。——的確在動啊。莫非平時就那麼動著，只是今日以前我都未曾察覺嗎？還是只有今晚才動了起來呢？——如果只有今晚，那就非同小可了。不過，也或許是肚子不舒服的緣故。今天下班，在池之端[7]的西式餐館吃了炸蝦，也許就是那個在作怪。吃了不該吃的，花了錢還討罪受，還不如不吃。總之，此時靜下心睡覺吧，於是我用力閉上了眼睛。結果眼前閃耀著五色的斑點，像是彩虹化做了粉末，漫天飛舞。還是不行啊，還是在意那光影，我又張開眼睛。無可奈何，再轉了身側躺，像個病人似的，決心就這樣默默等到天明。

側身後，印入眼簾的是在拉門底下，阿婆仔細摺疊好的秩父銘仙[8]的家居服。我隨即想起前些時候去到四谷，我坐在露子的枕邊閒聊，她發現我的袖口綻開，露出了內襯的棉花絮，便要我伸出手來，硬是起身坐在褥墊上，為我縫

7上野不忍池的池畔。
8日本明治時期後出現的服飾品牌。

補。那時她的臉色儘管略差，不過笑聲一如往常，——她也說自己的身體好多了，明天過後就能下病床。——現在，眼前彷彿浮現露子的身影，——不是想像的那種，而是自然而然就在眼前。——頭上頂著冰袋，長髮半濕，一邊痛苦呻吟，一邊往枕上靠了過去。——哎呀，果真染上肺炎了嗎？不過，如果是肺炎，肯定會來通知吧，既未差人傳口信也無來信，依此看來，肯定是痊癒了。沒事的，我推測著，決心睡去。閉上雙眼，眼底清楚浮現露子蒼白消瘦的臉頰，以及那雙猶如玻璃珠的雙眸，既凹陷又駭人。看樣子，果然病情未癒。但還未捎來通知，怎能叫人安心呢。也許現在就要捎來口信，既然要來，該是早來的好或不來的好呢？我想得在床上翻來覆去。雖說冷，畢竟已是四月的季節，我身上蓋著兩件厚睡袍，因而熱得難受，可是手腳與胸口則又重又冰冷，彷彿血液不再流動。我伸手摸了摸身子，盡是油脂與汗。當冰冷的手指觸摸到皮膚時，宛如青蛇纏身，滿是不舒服。說不定，今晚就要差來口信了。

突然，不知誰拍打著屋前的擋雨板，彷彿快敲破似的。果然來了！我的心臟跳了起來，撞擊到胸的第四根肋骨。對方似乎喊著什麼，但混雜著拍打聲，簡直令人震耳欲聾，實在聽不清楚。「阿婆啊，有人來了！」我的話方才烙下，隨即聽到「老爺，有人來了！」的回答。我與阿婆同時走到了屋前，打開擋雨板。——只見巡警拿著火紅的燈籠，站在那裡。

「剛剛沒發生什麼事吧？」巡警面露疑惑，還未寒暄招呼就突然問道。我與阿婆不約而同對視，卻什麼也答不出來。

「老實說，我剛剛巡查了這裡，好像有個黑影從您家大門走了出來……。」

阿婆面如土色，似乎想說什麼卻堵著一口氣，說不上話。巡警望著我，似乎等著我回話，我像個化石茫然呆立著。

「哎呀，深更半夜的，真是打擾了……其實啊，最近這附近異常不平靜，警察也謹慎戒備中，——剛好見您家大門敞開著，以為有什麼從屋裡跑了出來，所以特地過來提醒您注意啊……。」

我逐漸緩了氣，像是堵在咽喉的鉛珠子終於墜了下去。

「受您關照，太感謝了，——不過似乎沒有遭小偷的樣子。」

「那真是太好了。每晚狗吠，實在吵人吧。看來是小偷在這附近徘徊啊。」

「辛苦了！」我振奮地答道，因為終於得到狗吠是出於小偷的解釋。巡警離去。我決定天亮就去四谷，直到六時的鐘聲響起，根本整夜難眠。

雨漸歇，不過一路泥濘。而雨天穿的木屐，拿去木屐鋪修理，卻忘了取回。現有的鞋又因昨夜的雨，無法再穿。我只好套上薩摩木屐[9]，盡全力奔到四谷坂町。露子家大門敞開著，玄關的門卻還緊閉。我心想，打雜的寄宿學生還未起床嗎？遂繞到側門去瞧瞧。那個出身下總，總是紅著臉頰的女傭清，正在砧板上切著剛從米糠味噌拿出的細蘿蔔。「早啊，怎麼了嗎？」我問道，只見她面露驚訝，邊解開半截的袖帶，邊說：「啊」。這個「啊」頓時讓我摸不著頭緒。我乾脆不顧一切闖了進去，直驅起居室。只見岳母大人一副剛起床的模樣，正在仔細擦拭魚鱗狀木紋的長方形火鉢。

「啊，靖雄！」她手拿著抹布，神情愕然。這句「啊，靖雄！」也讓我摸不著頭緒。

「怎麼了，很糟嗎？」我急忙問道。

9明治時代開始流行的木屐樣式，跟矮，白色的夾腳帶子。

既然狗吠之事是因為小偷，那說不定病也痊癒了。如果能痊癒，可真是太好了，不過見到岳母大人的神情，著實又讓我緊張得倒抽口氣。

「嗯，很糟吧，畢竟昨晚下了那麼大的雨，真是麻煩啊，不是嗎！」看來是我誤會了。但是仔細看看岳母大人，似乎有些訝異，不過又不見擔心著急。我不由得放下心來。

「這一路可真不好走啊。」我拿出手帕擦汗，但還是不放心，於是問道，

「那個露子——？」

「現在正在盥洗。昨晚去了中央會堂的慈善音樂會，很晚才回來，所以晚起了啊。」

「流感呢？」

「啊，謝謝啊，已經完全……。」

「沒事了嗎？」

「啊，感冒早就好了。」

不帶寒意的春風吹散濛濛細雨，直見晴空萬里的心情。不知誰曾寫下日本

第一好心情的句子[10]，我現在可就是這般心情啊，與昨晚的憂愁難受截然不同，如今心口豁然開朗。到底為何如此自尋苦惱，現在回想起來，實在覺得自己愚蠢極了，簡直無聊透頂了。既然無聊透頂，就算是親屬的關係，無緣無故一大早闖進人家家裡，果然是讓人感到奇怪彆扭啊。

「為什麼這麼一大早的，——有什麼事嗎？」岳母大人一臉正經地問道。我實在不知該如何回答。想要撒謊，一時之間又難以編出謊話。無奈，我只好說：「嗯啊！」

「嗯啊」之後，又後悔不該這麼說，——心一橫不如乾脆就說實話吧，但既然這個「嗯啊」已說出口，也無可奈何，總不能把這個「嗯啊」收回去吧，只得順勢使用這個「嗯啊」了。然而，簡單的「嗯啊」兩字，卻不是平時使用的，該如何順用，又讓我煞費苦心。

「有什麼急事嗎？」岳母大人繼續追問。我實在想不出好主意，只得又回答：「嗯啊！」接著連忙對著浴室的方向大喊：「露子！露子！」

10其實是出自謠曲〈舟弁慶〉的一段。

「哎呀，我還以為是誰，這麼早，——怎麼了，——有什麼事啊？」露子竟絲毫不知我的心情，又問了同樣的問題。

「啊，說是有什麼急事呢！」岳母大人代替我回答了露子。

「是嗎，什麼事啊？」露子天真地問道。

「嗯啊，因為有一點事，來到附近這裡。」我漸漸開拓出一條活路，真是一番波折的開拓啊，我暗自想著。

「那麼，不是來找我的啊？」岳母大人的神色略微疑惑。

「嗯啊。」

「已經辦完事了啊，真早啊！」露子讚嘆著。

「不，還沒，現在才要去。」過度讚嘆，又讓人過意不去，我只好顯得謙遜些，不過看來無論做什麼都改變不了眼前的事了，就連我都覺得自己說的話聽來可笑。這個時候，還是盡早打道回府才是上策，愈是久待愈露出敗象，我正準備告辭，才一起身，「你啊，臉色不太好，到底怎麼了？」隨即慘遭岳母的逆襲，「還是去理個髮吧，留這鬍鬚，看來像個病人。哎呀，就連頭上都沾了泥巴，肯定是非常慌亂趕路吧。」

「我穿了矮木屐，才會甩上泥巴了吧！」我轉過身，讓她們看看我的後背，結果岳母大人與露子異口同聲地發出驚嘆聲，「我的天啊！」

她們幫我晾了外套，借我穿上木屐，我還未與在裡面睡覺的岳父大人打聲招呼，便離開了。晴朗的好天氣，況且還是週日。儘管有些丟人現眼，不過昨晚的提心吊膽宛如火灶上的雪，消失得無影無蹤，我的眼前盡是綠柳粉櫻的春景，無限喜悅。來到神樂坂時，走進一家理髮院。即使被人說我是為了討未婚妻歡心，也無所謂了。事實上，只要是露子喜歡的，任何事我都願意去做。

「要留著老爺鬍[11]嗎？」穿著白衣的理髮師傅問道。露子要我理個鬍鬚，卻沒說是整個鬍鬚，還是只有下巴的鬍鬚。搞得我不知如何是好，擅做決定留下鼻子底下的鬍鬚。畢竟理髮師傅也建議；「留下吧！」留著，也不至礙眼的程度。

「源先生啊，我說這世上盡是些笨蛋啊。」理髮師傅一手抓著我的下巴，一手倒握著剃刀，然後瞄了一眼火鉢的方向說道。

11即唇下鼻上的衛生鬍。

源先生霸佔在火鉢旁，在將棋盤上撥弄得金銀兩張牌頻頻發出聲響，「就是說嘛，說啥幽靈啊死人啊，那已是古早以前的事了。都有電燈的今天，哪還有那些蠢事呢！」隨即拿起飛車往王將的斜前方放，「喂，由公啊，你可以像這樣擺上十個棋子嗎？如果可以，我請你吃十錢的安宅壽司[12]。」

穿著高跟木屐的理髮學徒，邊疊洗好的毛巾，邊笑著說道，「我才不要壽司呢，你給我看幽靈，我就擺給你看！」

「看來連由公都瞧不起幽靈了，可真是吃不開啊。」理髮師傅說著說著，順著我的太陽穴剃下了鬢角。

「不會太短嗎？」

「現在大家都喜歡這樣，鬢角太長反而顯得娘娘腔，看來奇怪。——什麼嘛，大家都犯神經了。心裡愈是害怕，幽靈自然愈是冒出來了啊！」理髮師傅以食指與大拇指拭去剃刀上的毛髮，又轉頭對著源先生說話。

「全犯神經了！」源先生抽著山櫻[13]的香菸，連忙表示贊同。

12江戶時代江戶的三大壽司店之一，位於深川（現在的新大橋附近）。
13明治期間販售的香菸牌子。

「犯神經的，不就是源先生你們這些人嘛！」由公擦拭著燈罩，一臉認真問道。

「犯神經？神經的才是你們這些人！」源先生的辯解略帶著不關己的態度。

坐在白布簾入口處的座位上，打從剛才老盯看一本破舊骯髒薄冊子的松先生，突然大聲說著：「這寫得太有趣了！真是太有趣了！」獨自一人大笑起來。

「什麼東西？小說嗎？莫非是《食道樂》[14]？」聽源先生這麼一問，松先生心想該不會是吧，隨即看了看封面。結果，上面寫著「《浮世心理講義錄》有耶無耶道人著。」

「什麼嘛！這麼長的名字，反正不是《食道樂》，鎌先生，這到底是什麼書啊？」他問著理髮師傅，而此時師傅正拿著剃刀在我的耳朵來回刮剃著。

「那個啊，就是一本莫名其妙盡寫些蠢事的書啊。」

14明治三十七年出版的村井玄齋的小說，是兼具實用性與娛樂性的大眾讀物，也是當時的暢銷書。

「別只一個人笑啊，讀些來聽聽！」源先生拜託著松先生。松先生大聲地讀了一段。

「就是說狸騙人之事，狸怎麼騙人呢，全靠的是催眠術……。」

「果然有趣啊！」源先生抽菸，抽得吞雲吐霧。

「說是有一回變成了老朴樹，結果，源兵衛村[15]一位名叫作藏的年輕人準備來上吊自殺[16]……。」

「什麼嘛，不就是在說狸的事嘛。」

「看樣子是這樣的。」

「那不就是一本在說狸有多大本事的書嘛，——如何把人搞得團團轉的——然後呢？」

「那人把舊褲襠往那狸手臂變出的樹枝上掛，——搞得臭氣熏天的——……。」

「明明不過是隻狸，還敢說臭。」

15 有一說認為，是在暗指夏目漱石出生後不久被送去當養子的那個村名，位於現在的新宿區戶塚丁。

16 《我是貓》的二與三，也出現相同上吊自殺的故事。

「那人踩在糞桶上，正準備上吊瞬間，狸故意將手臂往下一滑，作藏沒能吊死，狼狽不堪。貍覺得自己幹得好，竟忘記偽裝成朴樹，哈哈大笑起來，那笑聲足以傳遍整個源兵衛村。結果，作藏受到極大驚嚇，喊著救命啊！救命啊！丟下褲襠，拚命地逃跑了……。」

「這傢伙真好玩，不過，狸拿了作藏的褲襠能做什麼呢？」

「大概準備拿來包自己的睪丸吧！」

哈哈哈，大夥哄堂大笑，連我也笑了出來，理髮師傅趕緊挪開了剃刀。

「太有趣了，再往下讀吧！」源先生興奮地說道。

「世人說是狸作弄了作藏，其實不然。作藏一副『來作弄我吧！來作弄我吧！』的模樣，要死不活地待在源兵衛村。狸只不過應了作藏『來作弄我吧！』的吩咐，稍微作弄一下罷了。所有狸的戲法，不過就是現在開業醫生使用的催眠術，其實自古以來，早以此手法蒙騙了諸多世人。然而有人宣稱是西方的狸傳授再引進日本，稱為催眠法，而運用此法的人，即稱為醫生，備受人們的崇拜，這全是醉心西方的結果，讓狸等只能暗嘆至極。明明日本固有的奇術流傳至今，卻凡事第一是西方第二還是西方，吵鬧個不停。想想現在的日本人實在太瞧不起狸了，所以謹代表全國的狸，盼望諸位能多加反省。」

「哎呀，還是隻講大道理的狸呢！」源先生說道，松先生一聽，遂闔上了書，頻頻為狸說的話辯解：「狸說得是啊，過去也好現在也好，只要自己行得正，哪還有什麼幻化作弄之事呢！」如此看來，昨晚的一切全是狸所為啊，我一人厭煩地思索著，然後走出了理髮院。

回到台町的家，已是十時左右。門前停著一輛黑轎車，從屋子的格窗隙縫傳來女人的笑聲。我按了門鈴，進屋內準備脱鞋之際，隨即聽到「肯定是他回來了！」拉門輕輕被拉開後，只見露子露出如溫暖春天的神情迎接我。

「你來了啊！」

「嗯，你走了之後，我怎麼想都覺得不對勁，立刻驅車過來看看。然後，昨晚的事，阿婆都告訴我了。」她看著阿婆大笑起來。阿婆也開心地笑了。整屋融合著露子銀鈴般的笑聲，阿婆如黃銅的笑聲，以及我如銅的笑聲，朝氣蓬勃的，彷彿全天下的春天都降臨在這個租金七日圓五十錢的租屋。即便是源兵衛村的狸，也不能發出如此大的笑聲吧。

不知是不是心理作用，從那之後，感覺露子比以前更加愛我了。再與津田見面時，我將那晚的事一五一十地告訴了他。他説；「可真是好素材啊，請讓我寫進書裡吧！」因此，文學學士津田真方著的《幽靈論》，第七十二頁裡K的案例，寫的即是我的事啊。

永日小品

元旦[1]

吃了年糕湯，我回到書房。不久，來了三、四人，都是年輕男子。其中一位穿著禮服西裝，不知是穿不慣的緣故呢，搞得那粗毛呢料顯得礙眼。其他的人皆穿和服，而且還是日常服，落得毫無新年味。這夥人望著那禮服西裝，呀啊呀啊地嚷個不停。證明大家果然滿是驚訝，就連我，最後也嚷了聲哎呀。

禮服西裝拿出白色手帕，擦了自己那張若無其事的臉，然後頻頻喝起屠蘇酒。其他人也拿起筷子猛夾飯菜。此時，虛子[2]乘車來了。他穿著帶有家徽的黑色羽織外褂，分明極為老派。我問，「你竟還有黑色的家徽服，莫非是為了表演能劇，才留著吧？」虛子答道，「是啊是啊！」。然後他提議，一起來吟唱一曲吧。我回應說，沒有問題。

接著，我們兩人吟唱了〈東北〉。雖老早以前練習過，卻幾乎從未再複

1角川文庫版本注釋：此篇是發表於明治四十三年（西元一九一〇年）一月一日標題為〈元旦〉的文章，原是四十二年元旦之際受報社委託書寫，然而夏目漱石實在想不出該寫什麼，於是依四十一年元旦發生之事，寫了這篇文章。

2日本作家高濱虛子。

習，處處甚是含糊。再加上，我發出了不安顫抖的聲音，好不容易才吟唱起來。聆聽的那夥年輕人不約而同說我唱得難聽，其中的那個禮服西裝說：「你的聲音飄忽不定啊。」心想這夥根本連謠曲的謠字都搞不清楚的傢伙，哪能分辨虛子與我的優劣啊。不過這一指摘，感覺連門外漢也說出個道理，只好罷休，也無勇氣罵他們是混蛋了。

接著，虛子說起近來習鼓之事。那幫連謠字都搞不清楚的傢伙，又懇請他打擊一曲，讓大家欣賞聆聽。虛子拜託我說：「那麼，就請你跟著吟唱吧！」對不知吟唱是何物的我來說，簡直是難為之事，不過倒也算對嶄新的嘗試起了興趣，遂答應吟唱。虛子令車夫去取鼓。拿到鼓後，又要人從廚房取來炭爐，開始在猛烈的炭火上烘烤鼓皮。大家看得目瞪口呆，我也對猛火烘烤的方式感到驚訝，連忙詢問：「沒關係嗎？」他一邊回說：「嗯，沒關係。」一邊以指尖敲彈繃緊的鼓皮，順時發出恰好的聲音。「應該已經可以了。」他說，便將鼓從炭爐取下，繫緊鼓繩。一個穿著家紋和服的男子，擺弄著紅色的鼓繩，不知為何讓人覺得分外優雅。這回，大家佩服地望著他。

不久之後，虛子脱掉外褂，懷抱鼓。我拜託他稍微等等，因為首先我弄不準他何時要敲鼓，希望他可以打個照應。虛子殷切地為我說明，「這裡會發出幾個吆喝聲，這裡又會如何打鼓，然後就請你開始唱了。」可是我還是無法意會，若要深究到雙方心領神會，恐怕得耗費二、三個小時。不得已，只好敷衍行事，吟唱了〈羽衣〉。「春霧迷濛煙霞生……」結果吟唱一半，即開始後悔唱得不好，落得毫無氣勢。想著若是中途突然拉開嗓子，恐又壞了整首曲調，只得任其萎靡毫無氣力，勉強下去。冷不防地，虛子大聲吆喝，敲打一記鼓聲。

我作夢也沒想到虛子表演得如此猛烈。原以為是優美且悠揚的吆喝聲，結果彷若認真一決勝負似地撼動我的耳膜。這吆喝聲，就那麼三番兩次動搖了我唱的謠曲。好不容易恢復平靜之際，虛子又在一旁鼓足勁發出聲音，每回遭到他的驚嚇，我的聲音也愈顯飄忽，漸而微弱。不一會兒，聽眾們發出竊笑聲。我心裡也覺得自己愚蠢。此時，禮服西裝率先起身，噴笑出聲，我也跟著笑了出來。

接著，飽受大家的批評指教，又以禮服西裝最為冷嘲熱諷。虛子無奈地一邊微笑一邊敲鼓，自己吟唱謠曲，總算結束整首曲子。隨後，他說還有要去的地方，便乘車離去。其後，我又遭到這夥年輕人各種冷言冷語，甚至妻子也跟著大家一起貶低自己的丈夫，她讚嘆高濱先生打鼓時，內衣的袖子忽隱忽現，那顏色真是好看。禮服西裝立即表示贊同。我一點也不覺得虛子的內衣袖子，或是那忽隱忽現的模樣有何好看。

蛇

我打開木柵欄，走到大街上，地上到處是馬匹留下的蹄印，裡面積滿雨水。一踩，泥濘聲隨即飛濺到腳底，抬起腳跟都覺得疼了。我的右手提著桶子，步伐顯得踉蹌。眼看快跌倒之際，為保持上半身的平衡，甚至恨不得放掉手裡的東西。終於，桶子一鼓勁深陷泥地，差點就要跌倒，趕緊壓住桶子的提把，抬頭望去，叔叔就在前方約二公尺處。他身著蓑衣，肩後掛著三角形的網子。此際，他頭上的斗笠略略顫動，從斗笠裡傳來聲音，好似在說「路難走啊！」不久，那蓑衣的身影消失在雨中。

我站在石橋往下一看，黑水從草叢間湧起。若是平時深不過腳踝上三寸的河底，依稀可見長長的水藻搖曳，水流清澈。而今日卻混濁至底，河流底下泛起泥砂，雨從天而降敲擊著河流，漩渦交流奔騰其中。原本始終觀望漩渦的叔叔，嘴裡喃喃說道，「可以捉到的！」

我們兩人過了橋，隨即往左轉。漩渦蜿蜒流過青綠的田，我們循著不知往何處奔流的河流走了近一百公尺，然後兩人孤零零站在廣闊的田裡，看得見的只有雨了。叔叔仰起躲在斗笠裡的臉龐，望著天空。那天空宛如茶壺被蓋上了壺蓋，一切幽暗，然後不知從何處，毫不間歇地落下雨。站著時，能聽到唰唰的聲音，那是雨水落在身上的簑衣與斗笠的聲響，還有落在四方田地的聲響。似乎遠處還交雜傳來雨水落在對岸，貴王祠的森林裡的聲音。

森林處的天際，黑色的雲聚集在杉林樹梢，深沉交疊。其自身的重量由上往下垂墜，致使雲腳如今已纏繞杉林梢，眼看就要墜入森林裡。

待回神，一看腳畔，漩渦不斷從上游湧來。想必貴王祠後方的池水，也遭那烏雲襲擊。突然漩渦的樣貌看似洶湧。叔叔依然守著翻騰的漩渦，說著「可以捉到的！」那模樣宛若已捉到什麼似的。不久之後，他身著蓑衣走入河裡，水流雖湍急，卻不深，站立時約及腰。叔叔安穩盤踞河的中央，臉正對著貴王祠的森林，然後往河流的上游卸下肩頭的網子。

我們兩人在雨聲中屏氣凝神，注視著迎面湧來的漩渦。魚就在漩渦下，肯定是從貴王祠的池裡流洩而來。一想到只要下網得當，必能捉到大魚，便心無旁騖地觀察水流的樣態。然而河水混濁，僅能分辨水面的波動，至於何物流過河底，全然不知。即使如此，我目不轉睛等著叔叔在水裡的手腕動靜。但是，始終不見動作。

雨勢漸劇，河流顏色愈來愈沉。漩渦的水紋劇烈地由上游迴旋而來。此時，一道黝黑的波紋迅速從眼前流竄而過，猶能瞥見水色瞬間變化的模樣。在那瞬息即逝的光亮中，可以感覺到那東西的長度。應該是一條大鰻。

逆著河流流向的叔叔，原本始終緊握網把的右手腕，突然從蓑衣底下往肩頭一彈。是那個長長的東西脫離叔叔的手，在不斷的暗雨中，畫出了貌似粗重繩子的曲線，然後落在對岸的土牆上。一回神，草叢裡赫然伸出一尺高的蛇脖子，就那樣盯著我們瞧。

「給我記住！」

那聲音像是叔叔的聲音，同時蛇頭也消失草叢間。叔叔的臉色鐵青，直望著甩扔了蛇的地方。

「叔叔，剛剛說『給我記住！』的是您嗎？」

叔叔終於看著我，低聲回答：「我也搞不清是誰說的啊。」直到今日，每回與叔叔說起這件事，他還是面露奇妙的神情回答：「我也搞不清是誰說的啊。」

小偷

打算去睡，正準備走到隔壁房間之際，卻聞到被爐的焦味。於是如廁回來，我叮囑妻子當心爐子的火勢太旺，隨即退回自己的房間。已過深夜十一點鐘，我在被窩裡照常做了安穩的夢。天氣雖冷，卻無風，當然也無火災警鈴聲。熟睡，猶如灌醉了時間的世界，人事不省。

突然，女人的哭泣聲吵醒了我。仔細一聽，是名叫萌代的女傭聲音。這個女傭每回受到驚嚇不知所措，總會痛哭流涕。前陣子，她為我家中的小嬰兒泡澡時，嬰孩因泡熱水過頭而痙攣，她即痛哭了五分鐘之久。然而，聽到她發出如此異樣的哭聲，倒是頭一回。她一邊啜泣一邊慌張地說著什麼，像在控訴，像在勸說，像在道歉，又像在哀悼著情人的死——總之，可不是受到一般震驚時發出銳利、簡短感嘆的那種語調。

一如我所描述的，我因那異樣的聲音而驚醒。聲音像來自妻子睡覺的房間，同時通紅的火光穿過了拉門間隙，映照著幽暗的書房。當那光一映入我正睜開的眼皮，也令我立刻聯想到火災，躍身而起，接著猛然打開隔間的拉門。

當時的我想像著翻覆的被爐，想像著燒焦的被子，想像著瀰漫的烏煙與燃燒的榻榻米。但是拉開門後，煤油燈依舊點亮著，妻子與孩子一如往常熟睡著，被爐好好安置在昨晚的位子，一切如睡前所見一樣。平和且溫暖。只是女傭哭泣著。

女傭彷彿遮著妻子被子一角，慌亂地說話。妻子醒了，但只是眨著眼睛，不見起身的模樣。我渾然不知發生何事，勁自佇在門檻邊，茫然地巡視房間內。突然女傭的哭泣聲中，出現了「小偷」二字。當它們一進入我的耳朵，彷佛一切皆迎刃而解似的，我大步穿過妻子的房間，一邊飛奔至隔壁房間，一邊發出「做什麼！」的怒吼聲。可是，隔壁房間一片漆黑，鄰接的廚房擋雨窗被卸下一扇，皎潔的月光映照，直抵房門口。深夜裡，我望著映入住屋深處的月光，不禁感到寒涼。我光著腳踏在木板地板上，走到廚房流理台，四周寂靜。張望大門外，也只有月亮罷了。而我一點也不想跨步走出門外。

轉身，回到妻子所在的房間，跟她說，小偷跑了，放心吧，什麼都沒被偷走。此時妻子終於起身，不發一語地拿著煤油燈去到漆黑的房間，照亮櫃子。對開的櫥櫃門被打開了，抽屜也未闔上。妻子看著我說：「還是被偷了啊。」我這才察覺小偷是偷了東西後逃走的，突然覺得自己蠢極了。往旁一瞧，那個哭到吵醒我的女傭的被子也被偷了，她枕邊還有一個櫃子，櫃子上面還疊放著小櫃子。據說平時給醫生的醫藥費或其他費用就放在裡面。我要妻子去查看，妻子說沒被動過。恐怕是女傭哭著跑到外廊，小偷不得不罷手逃跑了。

此時，睡在其他房間的人也起身過來，大家議論紛紛。有人說稍早前還起身去小便，也有人說今晚怎麼也睡不著睜眼直到凌晨二時左右，滿腹遺憾之感。其中，十歲的長女說她清楚聽到小偷從廚房進來，躡手躡腳走過外廊。

「什麼！」阿房驚訝得大叫。阿房十八歲，與長女睡在同寢室，是親戚的女兒。我則又回被窩睡去。

翌日，我因這事件，比往常略遲才起床。洗完臉，正在吃用早餐時，女傭在廚房說發現了小偷的足跡，一會兒又說不是，吵吵鬧鬧的。我覺得厭煩又退到書房，約過了十分鐘吧，玄關傳來叫門聲，是宏亮的聲音。廚房的人似乎未聽見，我只好出去應門，結果是巡警站在格子門前。他笑著說：「聽說有小偷啊。」他問我，「可有關好門戶？」我回答，「好像沒有關好啊。」他又提醒，「那就沒辦法了，既然沒關好，小偷當然會闖了進來，一扇扇擋雨窗都得上鎖才行。」我敷衍回應說好，自從見著這位巡警，我感覺可惡的不是小偷，而是我這個輕忽怠慢的主人。

巡警繞去廚房，攔住妻子，在小冊子裡記錄被偷走的東西。「是絹織寬腰帶一條嗎——寬腰帶是什麼樣的東西啊？寫上寬腰帶就明白了嗎？好吧，那就寫絹織寬腰帶一條，還有呢……」

女傭竊笑著。這個巡警連寬腰帶與日常腰帶都不懂，看來是個頗單純又有趣的巡警。終於寫足十件失物，底下還記載價格。最後，巡警叮嚀囑咐：「共計一百五十日圓。」才打道回府。

此時，我才清楚明瞭被偷了哪些東西。失竊的十件，皆是腰帶。昨夜潛入的是腰帶小偷啊。眼看就要新年，妻子面露難色。看來，孩子連續三天不能換洗衣物，但也無可奈何。

中午過後，來了刑警，走進客廳看東看西。他說：「有沒有可能小偷是在桶子裡立上蠟燭，然後犯案偷竊。」隨即走到廚房，檢查桶子。我說：「進來喝杯茶吧。」請他坐在日照明亮的起居室說話。

據他說，小偷大概是從下谷、淺草一帶搭電車過來，翌日早晨再搭電車回去。聽說，一般採取不捉，就算捉到了，也是刑警的損失。因為讓小偷搭電車，還要為他支付電車車資；出席法庭，也要為他支付便當錢。至於公務費，警視廳拿走一半，剩下的由警察平分。牛込僅有三、四名刑警──本來我堅信警察沒有辦不成的事，此時甚為不安。而說這些話的刑警，也面露不安。

本想喚來熟悉的工匠修理門戶鎖，不巧已近黃昏，對方事多繁忙，無法抽身過來。就那樣到了晚上，無可奈何，只得一如往常就寢。大家皆心裡發毛，我也不好受。畢竟警察告知我們，理論上，應該由各家自主嚴防小偷。

既然已是事發一日的今日，心想應該沒問題了吧，於是握去放心睡去。結果，夜裡被妻子喚起。她說，剛才聽見廚房傳來聲響，覺得不對勁，要我去看看。果然有聲響，妻子面露家裡有小偷的神情。

我躡手躡腳起身，穿過妻子的房間，走到隔間的拉門旁，隔壁房間傳來女傭的打呼聲。我極力靜靜地打開拉門，然後獨自一人站在漆黑的房間裡。又傳來咯吱咯吱的聲響，的確是廚房的門口。在黑暗中我像個影子移動約三步，往聲音的方向靠近，就快到房間門口了。拉門就在眼前，外面即是木板的地板。我就這樣挨著拉門，在昏暗中豎耳傾聽。不久，又傳來咯吱的聲響。過了一會兒，還是咯吱咯吱的聲響。我就那樣聽了約四、五回後，推測那怪異的聲音肯定是從木地板左側的碗盤櫃裡發出的。我立刻恢復往常的步伐，往常的氣定神閒，回到妻子的房間，跟她說：「是老鼠在咬東西，放心吧！」妻子貌似萬幸地回應說：「是嗎？」然後，兩人皆安心睡去。

來到早晨，洗完臉去到起居室，妻子拿著被老鼠咬過的鰹魚片，放在我的早餐前，說：「昨夜被咬的就是這個。」我回說：「原來如此啊。」望著那折騰人一整夜的鰹魚片。結果，妻子略帶不滿地說：「如果你趕走老鼠，順便把鰹魚片收拾好，不就沒事了嗎？」此時我才察覺，當時自己若能那樣做該有多好啊。

柿子

有個名叫小喜的小女孩。她有著滑嫩的肌膚與明亮的眼眸，不過臉色不似像世間那些發育良好的孩子般清澄光亮。乍看，還讓人覺得蠟黃。經常出入她家的梳髮髻師傅斷言，那模樣肯定是她母親過分溺愛，不讓她外出玩耍的緣故。在西式髮髻盛行的這個時代，她母親依舊每隔四日，必定請人上門梳古風的髮髻，即使喚自己的孩子，也是「小喜姑娘、小喜姑娘」總是禮貌謹慎加上個姑娘。這個母親上頭還有個蓄短髮的祖母，那個祖母也是「小喜姑娘、小喜姑娘」的叫喚。老是說著「小喜姑娘該去學古琴了！」「小喜姑娘，不許亂跑到大街上，不許跟外面的小孩玩！」

為此，小喜幾乎不到外面玩耍。畢竟這附近並非上等住宅區，她家前面是鹽煎餅屋，隔壁有瓦片師傅，再往前走去分別是修木屐的與修鎖的。然而，小喜家可是銀行要員，住家的圍牆裡還種植著松樹，一到冬季，就會請來園藝匠，讓枯松葉鋪滿狹小的庭園。

小喜無可奈何，從學校回來，若覺得無聊只得去到後院玩。後院是母親、祖母漿曬衣物的地方，也是阿吉洗滌衣物的場所。年末時，對面頭纏布巾的男子擔來石臼，即又是搗年糕的場所。而且，這裡也是醃漬蔬菜時撒鹽、塞放進木桶的場所。

小喜來到這裡，母親、祖母或阿吉就會充當她的玩伴。有時沒人作伴，只得一個人獨自去道後院。那時，她經常躲在矮籬笆牆，窺看後方長屋的動靜。

長屋連著五、六間。由於籬笆牆下是三、四尺高的崖壁，小喜窺看時，正是由上往下的絕佳視野。如此俯視後方的長屋，簡直滿足了小喜的玩心，她甚感有趣。看到在兵工廠工作的阿辰裸著身喝酒，就趕緊報告母親，「現在在喝酒啊！」看到木匠源坊在磨利斧頭，就趕緊通知祖母，「正在磨什麼東西呢！」或是，「正在吵架！」「正在吃烤番薯呢！」諸如此類，忠實報告自己看到的景象。結果，阿吉大笑了出來，母親、祖母也覺得好笑。如此逗人發笑，是小喜最擅長的事了。

小喜偷窺時，時而和源坊的兒子與吉打上照面，三回中約有一回會說上話。不過，小喜和與吉話不投機，總是吵架收場。與吉在下方說：「你這個蒼白的胖子！」結果，小喜在上方說：「你這個流鼻涕的小鬼，窮光蛋！」說罷還故意抬起圓圓的下巴做出輕藐狀。一回與吉生氣得由下伸出竹竿，嚇得小喜逃回家去。又一回，小喜那顆以漂亮毛線纏繞的橡皮球掉到崖下，與吉始終不願還給她。小喜焦急地催促說：「還我啊！給我丟上來！」與吉只是拿著球，站在那裡，驕傲地瞧著上方，然後說：「你道歉啊，道歉的話我就還你。」小喜說：「誰要跟你道歉啊！小偷！」隨即跑到正在裁縫的母親身旁哭訴。母親不以為意，表面上差遣阿吉去取回，結果與吉的母親僅是道歉，卻始終不見那顆球歸還到小喜的手裡。

之後又過了三日，小喜拿了一顆大紅柿走去後院。結果，與吉照例又來到崖下。小喜從籬笆縫遞出紅柿說：「這個給你吧！」與吉在下方瞪著紅柿說：「為什麼，為什麼，我才不要呢！」始終不見動靜。「你不要嗎？不要的話，就算了！」小喜的手從籬笆下縮了回去。結果，與吉一邊說著，「到底為什麼啊，為什麼啊，小心我打你喔！」一邊又挨近崖下。小喜說：「那你是想要吧？」又遞出了柿子。與吉睜大眼睛抬著頭說：「誰稀罕那種東西！」

如此一問一答，來回個四、五回後，小喜說：「就給你吧！」手裡的柿子隨即掉落崖下。與吉慌忙拾起沾了泥的柿子，隨即大口咬下。

頓時，與吉的鼻孔顫動，厚厚的嘴唇往右歪斜，接著吐出剛吃下一口的柿子，眼睛裡充滿了憎恨，「澀死了，這柿子！」說著便將手裡的柿子往小喜一丟。柿子飛過小喜頭頂，打中後院的小倉庫。小喜一邊嚷著，「貪吃鬼！」一邊跑回家去。不一會兒，小喜家又傳出了大笑聲。

火

醒來後，昨夜放在肚上抱著睡的懷爐已冷。就著玻璃窗，望著窗簷，陰暗的天空猶如寬約三尺的鉛般沉重。覺得胃痛緩和不少。我決定起床，一起身，沒料到這般寒冷。窗下還積著昨日的雪。

浴室裡綻放著結冰體的光芒，就連水管也凍著，打不開水龍頭。好不容易以溫水擦拭了事，然後在起居室倒了碗紅茶，兩歲的兒子照例又哭鬧了。那孩子，前天也哭了一整天，昨天還繼續哭。

我問妻子，他是怎麼回事，妻子回答說，「沒什麼事，就是冷。」無可奈何。果然那哭泣也只是磨人，似乎不帶痛或苦。不過，既是哭泣，總是哪裡懷有不安吧。聽著聽著，最後就連我也不安起來了。偶爾，還變成了厭煩。有時甚至想大聲斥責，但想著他畢竟還太小，最後還是耐住性子。前天也是昨天也是，想必今天又要哭上一整天吧。讓我打從一早心情就不好。由於胃痛，近來決定不吃早飯，所以端著紅茶退到書房。

就著火鉢烘手，終於稍微暖和起來，而那孩子又在那裡哭鬧著。此際，僅有手掌火熱得像要冒煙，後背直到肩膀卻甚是冰冷，尤其腳尖冷到發痛。但也無可奈何，只能靜待。我稍微移動手，觸摸身體猶冰冷的各部位，但如同針刺般牽動神經。就連轉動脖子，衣領冷冷滑過頸項時也令人難以忍受。來自四方的寒冷壓迫，讓我蜷縮在十張榻榻米大小的書房正中央。這個書房是木頭地板，原本應該使用座椅，卻鋪上了地毯，想像自己坐在一般的榻榻米上。然而，地毯太小，約是四邊二尺的尺寸，因而露出光滑的木頭地板。坐著時望見露出的地板，更顯蜷縮，而且那孩子還在哭鬧。實在提不起力氣工作。

此時，妻子說是要借一下手錶，走了進來，她說：「又下雪了。」仔細一看，不知何時開始飄起細雪。從無風的汙濁天空，靜謐地，緩和地，凜冽地，落下。

「喂，去年孩子生病，用了暖爐，那時花了多少煤炭費啊？」

「那時，月底付了二十八日圓。」

聽到妻子的回答，我遂打消使用坐墊暖爐的念頭。坐墊暖爐依舊躺在後院的小倉庫裡。

「喂，你不能讓小孩安靜一點嗎？」

妻子露出無奈神情，然後說道。

「小政說肚子疼，看起來很不舒服啊，還是請林醫生過來看看吧？」

我知道小政已躺了二、三日，沒想到情況那麼糟。我催促妻子快請醫生過來，妻子也回應說好，然後拿著手錶走出房間，就在她準備關上拉門時說了句，「這房間真冷啊。」

我依舊冷得手腳僵硬，毫無氣力工作。事實上，工作堆積如山。我得寫一期份的原稿，還必須閱讀某個未謀面青年的二、三篇短篇小說，並答應給某雜誌寄上他作品時，同時附上我的推薦信。書桌旁，堆滿了這二、三月應該讀卻還未能讀的書籍。這一週來，每當欲工作，來到書桌前，必有來客，幾乎每人都是來商量事情的。除此之外，再加上我的胃痛。看來，今天算是慶幸。不過，無論如何，天冷得讓人發懶，根本無法讓手離開火缽。

此時，有輛車停在玄關前。女傭通知說長澤先生來訪。我還蜷縮在火缽旁，僅抬起眼珠望著走進來的長澤，一邊嚷著，「太冷了，動不了身。」長澤從懷裡抽出一封信讀給我聽，大意是說這個月十五日就是舊曆的過年，可否借些錢之類的。果然又是商量錢的事。長澤直到十二時過後才回去。不過，我還是冷得毫無辦法。遂想乾脆去澡堂，也許能恢復精神，拿了布巾走到玄關時，正好碰到吉田來叫門。

我們進到客廳，聽他說起種種的身世遭遇，接著他淚流滿面，哭了起來。不久，屋裡又來了醫生，更顯慌亂。吉田好不容易回去了，小孩又開始哭鬧。我終於去了澡堂。

泡了澡，身體開始暖和起來。神清氣爽，回家進到書房，點了煤油燈，拉上窗簾。火鉢裡新添的短煤炭正燒著，我安穩地坐在座墊上。此時，妻子從屋後走來說：「很冷吧！」為我端來蕎麥麵湯。我問起小正的病情，妻子說嚴重時恐怕變成盲腸炎。我手捧著蕎麥麵湯，回應說：「若情況轉壞，還是去醫院吧！」妻子說：「就那麼辦吧！」隨即退到起居室。

妻子離開後，書房突然安靜下來。真是個雪之夜。看來哭鬧的孩子終於睡了。我啜飲著熱呼呼的蕎麥麵湯，在明亮的煤油燈下，豎耳傾聽新添入的煤炭的燃燒聲音，紅色火焰在團團圍住的灰燼中恍惚搖曳，不時從燒裂的炭縫冒出幽藍的火。我看著那火色，終於感受到一日的暖味。於是，就那樣看著炭火表面逐漸轉成白色的灰燼，足足五分鐘之久。

寄宿[3]

3 夏目漱石明治三十三年去到英國倫敦，起初住宿在 Gower Street，兩週左右後搬離，移居至 Priory Road。這裡的寄宿，指的應是後者。

起初的寄宿處是位於北邊的高崗地。因喜歡那紅磚小巧的二層樓建築，遂寧願支付一週二英鎊的較高額住宿費，我租借的是一間裡側的房間。那個主婦向我解釋，佔去前面房間的是K先生[4]，他此時正在蘇格蘭旅遊中，暫時不會回來了。

這位主婦，眼窩凹陷，鼻子尖挺，下巴與臉頰的線條銳利，是個神情冷峻的女人。乍看之下，讓人根本無法判斷她的年紀，宛如超脫了女性的性別框架。我想，恐怕是她那包含神經質、孤僻、固執、頑強、疑神疑鬼在內的所有缺點，百般作弄著她那沉穩的眼鼻，導致落得一張乖張彆扭的面容吧。

她有著與北國格格不入的黑色頭髮與黑色眼眸。不過，口音與一般英國人幾乎無異。我搬去當天，被招待到樓下喝茶。下樓一看，屋內皆無人，僅有我與那主婦兩人面對面，坐在朝北的小飯廳裡。我環顧根本照不到陽光而顯得幽暗的屋內，發現壁爐上裝飾著孤伶伶的水仙。主婦一邊招待我喝茶或吃片吐

4小宮豐隆在《夏目漱石》中，推測K先生應是當時原本就與夏目漱石一起的長尾半平，以及而後一同寄宿認識的田中，根據此二人融合創作出的人物。不過，詳細情況已不得而知。

司，一邊與我閒聊。說著說著，不知何故，竟向我坦承她的故鄉並非英國，而是法國。接著，她轉動黑色的眼眸，看著後方插在水瓶裡的水仙，說：「英國總是陰天又寒冷難耐。」那模樣彷彿想告訴我，就連花朵也如此黯淡。

我暗自拿她凹陷臉頰褪色的血色，與那水仙慘澹的模樣比較，然後想像她本該在遙遠法國做著溫暖的夢。主婦的黑色頭髮與黑色眼眸的深處，或許還存留著已消逝多年的春天氣息，如今只剩下虛空的過往。我問，「你還說法語？」正待她回答「不」時，她突然止住，接著流暢地蹦出兩三句南方國度的語言。讓人搞不明白，從那瘦骨嶙嶙的咽喉，怎能發出如此美麗的語調。

那天傍晚，晚餐時刻，一個禿頭白鬚的老人來到餐桌旁。主婦介紹說，「這是我父親。」我才知道這家的主人是位老人。他的口音奇妙，一聽就知道不是英國人。我恍然大悟，原本這對父女遠渡重洋，落腳到了倫敦。不等我開口問，老人竟自己表明，「我是德國人。」由於出乎我的意料，我只能回說：「是這樣啊！」

回到房間，讀著書，不知為何忍不住掛記樓下那對父女。那老人與消瘦的女兒相較之下，兩人沒有絲毫相似處。他那張臃腫的龐大臉龐正中央，躺著矮短又肉多的鼻子，還有一雙細細的眼睛。貌似南非的總統克留格爾[5]。在我看來，那可不是令人舒心的容貌，再加上他對女兒的說話方式總欠了和氣。由於他的牙已不好，口齒不清的結果，反而顯出氣急敗壞。而女兒面對老人時，原本冷峻的面容更顯冷峻了。他們絕不是一般尋常的父女啊。——我就那麼想著這些事睡去。

翌日下樓吃早飯，除了昨晚的父女，又多了一位家中成員。這個新加入餐桌的是，氣色頗佳又長得討人喜歡，約莫四十歲模樣的男子。我進入餐廳看到這個男人時，才終於感覺自己居住在充滿生氣的人類世界。主婦向我介紹那名男子，「my brother。」果然不是她的丈夫。不過，兩人的長相懸殊不同，實在讓人難以認為是手足。

那日我在外用了午飯，三時過後回家，進到自己屋裡不久，主婦又招呼說：「來喝茶吧！」今天依舊是陰天。我推開幽暗飯廳的門，僅有主婦一人坐在暖爐旁準備茶具。由於屋內燒了煤炭，我略感溫暖。方才點燃的火焰映照著

5南非政治家，曾任第三任總統。

主婦的臉龐，我才發現她的臉微微發紅之外，還費心擦了胭脂。我站在屋子門口，卻深切感悟到那妝容底下的落寞。主婦流露出的眼神，彷彿她已看透我如何看待她。也是在那個時候，主婦與我說起她家人的事。

主婦的母親，在二十五年前嫁給法國人，生下了她。一家人生活了幾年後，丈夫死去。母親帶著女兒，又再嫁給德國人。那德國人，就是昨晚那位老人，現在在倫敦西區開了家訂製服店，他日日去到那裡工作。而他與前妻所生的兒子也在同一處工作，不過父子關係惡劣。兩人住在同一個屋簷下，也不交談。弄得兒子非得深夜遲歸，在玄關脫了鞋，剩下腳上的襪子，再趁著老人未察覺時穿過走廊，溜進房間睡覺。主婦的母親很早就過世了，死前仔細囑咐交代照顧女兒的事，但最後母親的財產全落到老人的手裡，她就連一分一毫也不能動用。無可奈何之下，主婦只好靠租屋掙點小錢過日子。

「艾葛妮絲……。」主婦訴說到此，便不再說下去了。那個艾葛妮絲，是供這家人差遣的十三、四歲女孩。此時，我才察覺今早看到的那兒子竟與艾葛妮絲有些相像。碰巧這個時候，艾葛妮絲拿著吐司走出廚房。

「艾葛妮絲，你要吃吐司嗎？」

艾葛妮絲沉默地接過一片吐司，又退回廚房。

一個月後，我搬離了這寄宿。

昔日的氣味

在我搬出寄宿的兩週前，K從蘇格蘭回來了。

當時，主婦把我介紹給K，兩個日本人在倫敦高崗地區的某個小屋子裡偶然相遇，而且，在彼此尚未報上姓名前，卻藉由一個身分、家世、經歷皆不清楚的外國婦人引見認識，然後兩人不得不低頭致意，如今回想起來總覺得不可思議。

當時，那個老小姐穿著黑色衣服，她伸出瘦骨嶙峋、猶如褪了脂肪的手，說：「K先生，這位是N先生。」語還未畢，又伸出另一隻手向著對方，「N先生，這位是K先生。」總算平等地介紹了雙方。

老小姐的態度實為慎重，像在舉行某種充滿隆重氛圍的儀式，讓我頗為訝異。K站在我對面，漂亮雙眼皮的眼尾帶著皺紋，露出了微笑。而我與其說是微笑，反倒是心生矛盾的落寞。若是在幽靈的媒妁之下，舉行結婚典禮，恐怕正是這樣的心情吧，我站在那裡想著這些。也感覺凡老小姐所到之處，彷彿皆失去了生氣，立刻化為古跡。也不得不想像，若有人不慎碰觸到她，碰觸到的人的血液，肯定立刻變冷。直到門外那女人的腳步聲逐漸遠去，我才終於轉過頭來。

老小姐離開之後，我與K隨即熟稔起來。K的房間鋪著漂亮的地毯，掛著白絲綢的窗簾，不僅有氣派的扶手椅與搖椅，還有隔間的小寢室。最令人欣喜的是暖爐裡的火，絲毫不覺得可惜似的，任由煤炭燃燒發光，再變成灰燼。

自此，我就在K的房間，與K兩人一起喝茶。白天，經常一起外出到附近的餐館。K必定為我付帳。K好像說過，他是來此考察建港事務，想必是手頭寬裕吧。在家時，他穿著紫色絲綢睡袍，上面綴了花鳥刺繡，一副怡然自得。相對地，我則是從日本帶來的和服，老舊不堪，簡直不忍目睹。K說真是太舊了，借我買新衣的錢。

那兩週的期間，K與我說了許多事。K曾說，他準備組慶應內閣，所謂的慶應內閣，就是慶應年間出生的人才能出任內閣。他問我，「你是何年生的？」我回答：「慶應三年。」他笑著說：「那，你具備閣員的資格了。」我記得K是慶應二年或元年生。若我再晚一年出生，就失去了與K一同參與政要的權利了。

每回我們聊起那些有趣的話題，時而不免提起樓下那人家的流言八卦。K總是皺著眉，搖著頭說：「那個名叫艾葛妮絲的小女孩最可憐了。」一早，艾葛妮絲會送煤炭到K的房間，午後又送來茶、奶油與麵包。總是默默拿來，默默放下就走。無時不刻臉色蒼白，僅用她那雙清澈的大眼略微示意，如影子般出現，再如影子般下樓，甚至不曾發出腳步聲。

由於我住得不愉快，某回告訴K，我想搬出去的事。K表示贊成，他說他為了調查四處奔走慣了，因而無所謂，「倒是你，應該找個舒心的地方，才能靜下心讀書。」他提醒著我。當時，K說要去到地中海對岸，頻頻整理行囊。

我準備離開寄宿時，老小姐殷切拜託我打消念頭。她說要調降寄宿費，K不在期間，我也可以自由使用那個房間。不過我還是移居到南方了。同時，K也遠行了。

二、三個月後，突然接到K的信，信中說他已經旅途歸來，會待上一陣子，請我過去玩。我很想立即動身，但基於種種事由，還是抽不出時間去到北方。約過了一週，幸好有事去到伊斯靈頓，回程便轉去了K住的地方。

從二樓正面的窗戶望去，往昔的絲綢窗簾依舊覆蓋住整個玻璃窗。我想像著屋內溫暖的暖爐、紫色絲緞的刺繡、扶手椅，還有開朗的K談論著旅行記事，簡直迫不及待想進門飛奔上階梯。我咚咚地敲了門環。由於屋內並未傳來腳步聲，以為無人聽到敲門聲，正欲再抓起門環敲門時，門打開了。我往屋內踏了一步，接著與滿臉充滿歉意的艾葛妮絲面對面了。

此際，三個月以來已忘卻的過去寄宿的氣息，在那狹窄的走廊裡，猶如閃電襲擊刺激著我的嗅覺。頓時，那股氣息不約而同匯集了黑髮、黑眼眸、貌似克留格爾的臉龐、與艾葛妮絲相像的那男子、宛如那男子影子的艾葛妮絲，以及交錯在他們之間的祕密。當我嗅聞到那氣息時，彷若在幽暗的地獄深處清晰辨識出了他們的情緒、舉止、言語、表情。我再也無法忍受上去二樓與K晤面了。

貓之墓

移居早稻田後，貓[6]漸漸變瘦了。也沒了與小孩們嬉鬧的興致。太陽出來，便在廊下躺著，方方的下顎放在擺好的前腳上，直望著庭院的植栽，始終不見動靜。就算小孩們在旁吵鬧，牠也不理會。小孩這一邊，也開始不理牠了。他們說不要跟這貓玩，把老友當成陌生人對待。也不只是孩子們，女傭只管把牠的三餐放在廚房角落，除此之外幾乎不管。最後，牠的三餐多是被鄰居的三花大貓吃了。這貓也不再發怒，就連擺出打架的架勢也無，只是，一直躺著。不過，就連躺著的姿態也不見從容。與優游自在橫躺著曬太陽的模樣不同，倒像是毫無動彈的氣力——然而仍難以形容那樣態。看似猶如懶得過頭，不動顯得落寞，動了也是落寞，只得忍耐，一直委屈著。那眼神，彷彿始終望

6 這裡所寫的是昭和四十一年七月至九月發生的事，同年九月十四日，夏目漱石寄出貓去世的通知信給松根東洋城、鈴木三重吉、小宮豐隆，告知貓死去埋葬之事，但主人正在書寫〈三四郎〉，不便舉行喪禮。此貓也從此蔚為知名。

著庭院的植栽，但恐怕也未將樹木的葉子、樹幹的形狀看了進去。那綠藍色系的黃眼珠，僅茫茫地望向某一處。就如牠的存在已不被這個家裡的孩子所認同，牠似乎也不認同自己存在這個世間了。

即使如此，有時牠還是狀似有事的外出。結果，總是落得被鄰居的三花貓追趕，害怕得跳上外廊，撞破緊閉的紙拉門，一路逃到爐灶邊。只有在這個時候，家裡的人察覺到牠的存在。想必牠也只有在這個時候，自覺且滿足於自己還活著的事實。

隨著此情況的反覆，貓的長尾巴的毛漸漸禿了。起初看似一處處凹陷的坑洞，不久蔓延禿到露出皮肉，無精打采地垂著，令人見了覺得不忍。牠屈起已萬分疲倦的軀體，開始舔舐頻頻疼痛的部位。

我說：「你瞧，那隻貓可怎麼了！」妻子極其冷淡地回以，「就是老了啊！」而我也任其不管。結果，之後演變為時而三餐後嘔吐，像是咽喉掀起大波浪，發出就連噴嚏、就連嗝也打不出的痛苦聲。儘管牠可能痛苦，但只要我一發現，還是不得不將牠趕出屋外，若不，牠可要毫不留情弄髒榻榻米、棉被。待客用的絹織布坐墊，大抵已被牠弄髒了。

「真拿這貓沒辦法，是吃壞了腸胃吧，把寶丹溶到水裡給牠喝吧！」

妻子不吭聲。二、三日後，我問餵牠吃寶丹了嗎，妻子回答說：「餵牠吃，牠也不張嘴啊。」接著又解釋餵貓吃了魚骨，貓還是吐了。「那就別餵牠啊！」我有些憤怒地斥責妻子，然後繼續看書。

只要那貓不嘔吐時，依然安靜地躺著。近來，牠總是把身子縮成一團，彷彿只有撐起牠身子的外廊可以依賴，極盡所能蜷縮蹲踞著。牠的眼神也略不同了，起初像是視線落在近處，卻彷彿遠處的物體映入眼眸，總要靜待片刻後，那眼神才終於安穩地落在某處，不過，接著又怪異地轉動。那眼眸的顏色，漸漸沉去，感覺像是日落閃起些微的閃電。但是，我還是任其不管。妻子也不以為意，孩子們根本忘了有貓這回事。

某夜，牠趴在小孩睡覺的被褥邊，接著，像是有人要將牠捉到的魚取走似的，發出嗚咽聲。當時察覺異狀的只有我，小孩已熟睡，妻子專心做著針線活兒。不久，貓又嗚咽起來。妻子好不容易放下手裡的針線。我說：「到底怎麼回事，夜裡如果咬了小孩的頭，可就糟了。」妻子回說：「怎麼會呢！」又繼續縫起外褂的袖子。貓也繼續嗚咽。

翌日，牠搭在爐灶邊緣，鎮日嗚咽。每回我們去沏茶、取藥罐時，總覺得心裡難受。可是一入夜後，無論我或妻子又已然忘了貓的事。其實，貓就在那晚死去。清晨，女傭去到後院的小倉庫取薪柴時，牠的身體已經僵硬，躺在一口破舊的爐灶上。

妻子特意去看了牠的死狀，自此一反先前的冷淡，突然熱絡了起來。她拜託熟悉的車夫，幫忙買個四方的墓碑，然後要我寫些什麼。我在正面寫下貓之墓，背面則題下，「墓下閃雷起，漫漫長夜存。」車夫問道，「就這麼埋了嗎？」女傭奚落地說，「莫非還能火葬嗎？」

小孩們突然憐惜起貓。墓碑的左右放著兩個玻璃罐，插滿了胡枝子花，還在碗裡裝水，放在墓前，每日替換花與水。第三日的黃昏，四歲的女兒——當時我從書房的窗戶瞧見了——一人獨自來到墓前，看了白木棒一會兒，終於遞出手裡拿的玩具杓子，舀起供貓的碗裡的水，喝了。而且，還不止一次。在靜謐的黃昏，自胡枝子花瓣滴落的水滴，恐怕不止一次滋潤了女兒愛子幼小的咽喉吧。

貓的忌日，妻子必定供奉上一塊鮭魚，以及一碗灑滿柴魚片的米飯。至今不曾忘記。只不過近來，不再拿去庭院，大多是供在起居間的櫃子上。

溫暖的夢

那風直吹向高聳的建築物，由於無法如願筆直穿過，遂彷彿閃電般突然彎折，從我頭頂斜向鋪石路面，直掀起強風。我邊走，右手則壓著戴在頭上的圓頂高帽。前方有個等客的馬車伕，他坐在馬車上似乎在打量我。我放下壓住帽子的手，挺直了身軀後，他隨即豎起食指。那是詢問要不要搭車的手勢。我不搭，結果，車夫握緊右手拳頭，朝著自己的胸口猛烈敲打。即使我已離他四、五公尺遠，仍能聽到咚咚的敲擊聲。倫敦的馬車伕，是這樣溫暖自己與自己的手。我回頭，再看了那個馬車伕。他那頂褪了色且僵硬的帽子下，露出飽受冰霜的厚髮。一身像是拼接毛毯做成的粗糙茶色外套，緊繃著那舉起的右手臂，他高舉到與肩平行，然後發怒似地不停敲著自己的胸口，宛如一種機械性的活動。我又再往前走去。

路上的行人皆快步超越我而去，即使女人，也不甘居於後。她們伸手到後腰，輕撩起裙子，彷彿就要弄彎腳下的高跟鞋，猛敲鋪石路，疾行而去。仔細一看，無論是這張臉或那張臉，神情皆萬分緊迫，男人一路直視前方，女人也不斜目顧盼，大家專心一志朝向已所嚮往的方向，僅是一徑走去。他們走路時，緊閉著雙唇，眉頭深鎖，高聳鼻樑，表情逕往深處蔓延。然後，身下的腳如一字排開，朝欲辦事的地方前行。那副態度模樣，恰如不能忍受往來於大街上，不能忍耐待在戶外，若不能盡快隱身屋簷下，彷彿是一生的恥辱。

我緩緩地走著，不由得感覺難以生存在這個城市。往上看，廣闊的天空，不知從哪一世被切分開來，受一左一右高聳得像懸崖的建築物之阻擋，僅留下猶如細長的帶子，自東漫長橫跨至西。那帶子的顏色，在早晨是深灰色，隨著時間逐漸轉為鳶褐色。建築物既是灰色，但像似已厭倦溫暖的陽光，竟毫不客氣地遮蔽了兩側。使得廣闊的土地像沒入高掛的太陽難以觸及的狹窄谷底，二樓的上面還有三樓，三樓的上面還有四樓，不斷重疊，渺小的人成了這谷底的一部分，黑壓壓的，一身冷峻地來往行走。而我也在那片移動的黑之中，算是最緩慢的一份子。那被挾持入谷而找步道出口的風，在谷底掬取穿梭。那黑壓壓的一片，猶如漏網的雜魚，朝四方散落而行。而遲鈍的我，終究被風給吹得七零八落，落得逃進劇場。

穿過長長的迴廊，攀上兩、三個階梯後，即是一扇大大的彈簧門。我倚住門藉著身體的重量，無聲無息地，身體即滑進寬敞的劇場座位裡。眼底一片炫目的光亮。回頭望，不知何時門已關上。我所在之處，如春天溫暖。為了適應這光線，有好一會兒我的眼睛眨啊眨的，然後，左顧右盼。周圍盡是人，不過，每個人都安靜沉穩。他們臉上的肌肉徹底放鬆。儘管每個人比肩挨在一起，儘管人數眾多，卻絲毫不見痛苦。大家無不和顏悅色。

我抬頭望，上面是大窟窿的天井，以極濃烈豐富的色彩搭配上亮眼的金箔，金碧輝煌，足以令人心情雀躍。我往前望，前方的盡頭是手欄杆，此外什麼都沒有，是龐大的洞穴。我去到手欄杆旁，伸長自己短短的脖子，朝空洞裡窺看。結果，遙遠的下方塞滿了宛如描繪上的渺小人們，為數眾多到看來萬分鮮明。所謂的人海即是如此吧。白、黑、黃、青、紫、紅，所有明亮的顏色，猶如在大海裡掀起波紋，在幽遠的深底聚集，整齊排列的五色魚鱗，小巧且亮麗地流動著。

此時，那片流動突然消失，自廣大的天井直到遙遠的谷底，陷入短暫的黑暗。彷彿方才數以千計在場的人們全被埋葬在幽暗中，然而誰也未吭聲。所有人的存在恰似被消除於廣漠的幽暗中，無論形體或影子都消失了，一片寂靜。就當我如此揣想著，遙遠谷底的，前方的一部分彷彿切出了一個四方形，從幽暗中浮現，不知何時透出幽幽的微光。我才意識到就連幽暗也有不同的層次，接著黑暗漸漸散去。當我留意到自己好似被溫柔的光籠罩時，在那宛如薄霧的光線深處，我分辨出並非透明的顏色，有黃與紫與藍。終於，其中的黃與紫開始移動。我的雙眼眨也不眨地凝視著那移動，直到視神經疲倦緊張。霧靄自我眼底悄然消散。在遙遠的那方，一如明亮日光溫暖照耀而輝煌的大海，穿著黃上衣的俊美男子，以及拖曳著紫色長袖襬的美麗女子，清晰地出現在青草原上。當女子坐在橄欖樹下的大理石長椅時，男子立在椅子旁俯視著女子。那時祥和的樂聲，隨著自南吹拂而來的暖風，纖細悠長地，傳到遙遠的波浪上。

無論是洞穴上或洞穴下，一時人聲喧譁。他們被未消失在黑暗中，而是在黑暗中做了一個溫暖的希臘夢。

印象

走出門外，廣闊的大街筆直貫穿家門前。我試著站在大街中央，左顧右盼，印入眼簾的盡是四層樓的住家，以及盡是相同的顏色。無論隔壁或對面，是幾乎無區別的相似構造，所以只不過走了四、五公尺，再往回看，就連自己也分不清方才是從哪間屋子走了出來。真是不可思議的城鎮啊。

昨晚在火車的行駛聲中睡去。十時過後，又傳來馬蹄聲與鈴聲，那聲音如夢境般奔馳在黑暗中。當時，美麗的燈影，如百盞點點閃爍穿梭於我的眼眸。除此之外，我什麼也不看。我是直至現在，才開始看著。

我在這個不可思議的城鎮佇立了二、三回，往上看，往下看之後，再往左走，行經約一百公尺，即來到十字路口。我好好記牢了路，再往右轉，這回來到比方才更寬廣的大馬路。好幾輛馬車行經馬路，每輛馬車的車棚上都載著人。那些馬車有紅色有黃色，也有青色、褐色、深藍色，絡繹不絕從我身旁奔馳而去。於後遠望，已分不清各色馬車綿延至何方了。但只要回頭望，宛如各色的雲朵又隨即飄然而至。就在我站在那裡思量那些馬車從何處來，又要把人載往何處時，來自後方的高大行人彷彿要踩過我似的，抵住我的肩膀。我試圖避開，右方依舊是高大的行人，左方也是。後方抵住我肩膀的人，他後方又有人抵住他的肩膀。然而，大家對此沉默不語，一派自若地往前移動。

此際，我才察覺自己猶如淹沒人海，甚至分不清，這片海蔓延去到何處。但是，就是一片廣闊無盡又極其靜謐的海。只是，我無能為力離開，向右也是堵著，向左望去也是停滯著，回頭仍是人潮洶湧。因此，只能靜靜往前行，好似除了跟隨一路到底的命運，再無權支配自身了。那數萬個黑壓壓的後腦杓也彷彿是商量約定好似的，大家步伐整齊，一步步往前行。

我邊走，邊憶起方才離開家門的事。一樣的四層樓建築，一樣的顏色，不可思議的城鎮，一切好像在遙不可及之處。該在哪裡又該如何轉彎？該走到哪裡才能回到家？我毫無頭緒。就算回得去，我恐怕也不能分辨出自己的家。昨夜，那個家黯然佇立在幽暗中。

我不安地想著，又不斷被身高體壯的眾行人推擠著，就那樣無法抗拒地在從大街轉了二、三個彎。每轉個彎，就覺得自己愈背離昨晚那個黯淡的家的方向，漸行漸遠。身處在足以令我目光疲倦的人潮中，我感受到一種難以言喻的孤獨。接著，緩緩來到坡道，連結著大馬路的這裡，似乎有五、六處聚集落腳的廣場。方才一路綿延前行的人潮，在坡道下，便各自朝四面八方匯集而去，開始靜靜地繞道。

坡道下，有個巨大的石獅子，全身灰色，細細的尾巴，顯得那顆有著濃密捲鬈的頭猶如大酒樽。它的前腳靠攏，在波波人潮中安眠。那獅子有兩尊，腳下鋪著石塊，兩尊中央有根粗壯的銅柱。我站在靜靜流動的人海中，抬頭望，看著柱子的上方。那柱子高挺筆直地豎立在視線能及之處，還能瞧見其還有一片廣闊的天空，讓高柱看來彷彿聳立直抵天空正中央。而柱子最頂端有著什麼，我看不清楚。我再度被人潮推波逐流，從廣場去到右方的街道，不知不覺往下坡走去。不久之後，我回頭望，看見在那猶如竹竿纖細的柱子上方，竟孤零零站著一個渺小的人。

人

阿作發著牢騷，抱怨究竟是自己起得太早，還是梳髮髻師傅遲遲不來或當真不來了。昨天傍晚，的確拜託了梳髮髻師傅。聽到對方回答說，「因為無外客，一定會依約九時抵達。」她才終於安心睡去。看著掛鐘，再五分鐘就要九點了啊。到底怎麼回事，她顯得焦急不安，家裡的女傭實在看不下去便說，「我出去看看吧！」阿作欠身，一邊立起拉門前的抽取式鏡台，一邊照鏡。然後，刻意張嘴，露出上下排整齊潔白的牙齒。之後，柱子上的掛鐘敲打了九點鐘。阿作立即起身，打開隔間的拉門說道，「怎麼回事啊？已經九點了，你再不起床就晚了。」阿作的丈夫一聽到九點鐘了，趕緊起身坐在床上。他邊看著阿作，邊嘟囔回應，然後一派輕鬆下床去。

阿作連忙往廚房走去，將牙籤、牙刷、肥皂與布巾纏在一塊，遞給丈夫說，「快去吧！」接著又說，「回來時順便去修鬍子啊。」丈夫身著浴衣，外罩著絹織和服外袍，才走到換鞋處，阿作又說，「你等我一下啊！」跑進屋內。此時，丈夫拿出牙籤剔著。阿作從櫥櫃的抽屜取出小禮金袋，把錢放進袋內，拿了出去。丈夫一向沉默寡言，默默收下袋子，便跨過門檻出去了。阿作望著丈夫的背影一會兒，而垂掛在丈夫肩後的那條布巾，搖搖晃晃。終於，她還是回到屋內，坐在鏡台前再度顧盼鏡中的自己。然後她半開衣櫥的抽屜，略有所思，好不容易從其中挑出了二、三件，攤在榻榻米上，左思右想。接著，留下其中的一件，再小心翼翼地把方才取出的放了回去。然後，她又打開第二個抽屜，依舊左思右想。阿作就那樣盤算著什麼，從抽屜取出衣物，接著再小心翼翼放了回去，如此耗費了約二十分鐘左右。這段時間，她始終掛念著掛鐘的時間，不停瞧著。終於決定了服裝，以鬱金色的大布巾包好後，擱在客廳的角落。此時，梳髮髻師傅發出驚呼聲地從後門走了進來，邊喘氣邊道歉說，「遲到了，真是不好意思。」阿作說，「百忙之中，真是過意不去啊。」隨即拿出長菸斗，讓梳髮髻師傅抽抽菸。

由於今天無助手，梳個髮髻也，挺耗費了時間。丈夫在澡堂洗好澡，剃過鬍子，終於回來了。方才趁著丈夫不在家時，阿作與梳髮髻師傅聊起，今天約了小美，還要與丈夫一道去有樂座。梳髮髻師傅半開玩笑半奉承地回應說，「連我也想同行呢！」離走前還留下一句「好好享受啊！」

丈夫略打開那個鬱金色的布巾說，「今天要穿這件去嗎？比起這件，上回那件更適合你啊。」阿作回答說，「但是，那件啊，年末時去小美家已穿過了。」丈夫又接著說道，「這樣啊，那就隨你喜歡了。我就穿那件鋪棉的外套去吧，感覺天氣有些冷。」阿作又說，「別穿那件，丟臉啊，老是穿那一件，」然後說什麼也不肯把鋪棉的外套拿出來。

阿作終於化好妝，她穿上流行的粗紋縐緞和服外套，圍上毛皮圍巾，與丈夫一起走出大門。她猶如掛在丈夫身上似的，邊走邊說話。來到十字路口，眼看派出所前站滿了人。阿作揪住丈夫身上外套的兩袖，拚命拉長身子，往人群裡探。

人群正中央有個穿著印有商號外罩的男子，他站也不是坐也不是的，毫不振作。看來方才不知倒臥在泥地多少回，讓原本早已褪色的外罩顯得濕漉漉而泛著寒光。巡查說，「你幹啥啊？」他口齒不清又凶悍地說，「我，我是人！」此時，大家都哄堂大笑了。阿作看著丈夫也笑了。結果，醉漢可不管了，一邊怒視周圍的每個人，一邊說道，「哪，哪裡好笑了，我是人，哪裡好笑了，就算看起來是這個模樣！」眼看著他的頭彷若就要垂了下來，突然又大吼說，「我可是人啊！」

就在這個時候，另一個也穿著印有商標外罩、高大黑臉的男子拉著板車，走了過來。他撥開人群，對著巡查小聲地說著什麼，然後對著醉漢說，「喂！要帶你這個混蛋回去了，給我坐上來！」醉漢露出欣喜的表情，喃喃道謝地爬上板車，隨即仰躺攤著。他看著晴朗的天空，眨了眨惺忪的眼睛，說著，「混帳東西，就算這個模樣，我可也是個人啊！」那個高大的男子拿起繩子把醉漢牢牢地綁在板車上，嘴裡一邊說著，「是啊，是個人，是人就給我老實安分點！」最後，醉漢被五花大綁得像頭被宰的豬，隨著板車搖搖晃晃經過大街而去。阿作依然緊緊揪著丈夫外套的袖子，目送著漸行漸遠的板車，就那麼穿梭在家家戶戶的新年門飾間。之後去小美那裡，與小美可又多了個聊天的話題，阿作不免沾沾自喜起來。

山雞

我們五、六人聚在一起，圍著火缽聊天說話。突然，來了一個青年。我既未聽說過他的名字，也未曾見過，是個全然陌生的男子。他沒有介紹信，託別人傳話要求見面，於是請他進來客廳。那青年走進大夥聚會的房間，手裡還提著一隻山雞。自我介紹後，他把山雞放在席間的中央，說是家裡寄來的，隨即獻上作為禮物。

那日寒冷，大家即刻煮了山雞湯喝了。料理山雞時，青年穿著和服袴褲，站在廚房，為我們拔毛、切肉，剁骨。青年的身材矮小，臉型長，蒼白額頭下方那看似度數頗高的眼鏡，閃著光亮。比起他的近視，比起他淡黑的鬍鬚，最為顯眼的還是他的袴褲。那是小倉織的料子，有著粗條紋的華麗織紋，不是尋常學生的穿著打扮。他把雙手放在那袴褲上，說他來自南方。

過了一週左右，那青年又來了。這回他帶著他寫的原稿。由於不是頗好，我也毫不客氣地說了，他說他拿回去重寫，便回去了。又過了一週，他又揣著原稿來了。就那樣，每回他來時，沒有一次不帶上他的稿子。其中，還有連續三冊之厚的大作，不過卻是寫得最糟的。我曾經一、兩回拿了幾篇他寫的文章中我認為最好的佳作，推薦給雜誌社。但是，據說僅是編輯基於人情，刊登在雜誌上，卻沒給他一分一毫的稿費。也就是那個時候，我聽說他的生活困難，他說自此以後要靠寫文章餬口。

某次他拿來奇妙的東西。是風乾的菊花，一片片花瓣堅硬得猶如薄薄的海苔。他說那是素食的乾沙丁魚片，在場的甲子立刻用熱水汆燙，然後邊吃邊喝酒。之後，他又拿來一枝鈴蘭人造花，說是他妹妹做的，是以指間旋轉枝芯的鐵絲做成的。當時，我才知道他與妹妹一起持家。兄妹借住在柴火店的二樓，妹妹每天去學習刺繡。下回他再來時，帶來一個領結，青灰色的結上刺繡著白色蝴蝶，他說：「如果您不嫌棄的話，就戴著吧！」然後連同包裹的報紙擱下而去。安野說，「給我吧！」便拿走了。

除此之外，他也頗常來，來時也必定說起他家鄉的風景啊、習慣啊、傳說啊、舊有的祭祀景象等等。他說他的父親是漢學家，擅於篆刻。祖母是過去大名領主的傭人，聽說猴年生的她深受主人的喜愛，因而經常賜予與猴有關的禮物。其中有一件，便是崋山[7]所繪的長臂猿。他說下回再拿來給我看，但青年從此就未再來了。

春天過去，來到夏日，不知何時我已忘了青年的事時的某一天，——那天

7江戶時代的武士、畫家、思想家渡邊崋山。

我坐在曬不到太陽的客廳，即使僅穿著一件內衣，安靜地看書，依舊是難以忍受的暑熱。——他突然來了。

他依然穿著那件華麗的袴褲，拿著手巾仔細擦拭蒼白的額頭上滲出的汗。似乎更瘦了些。他說，「實在甚為冒昧惶恐，但請借我二十日圓吧。」又解釋說明，其實是朋友染上急病，被送進了醫院，但手頭緊迫，試著各處奔波借錢，仍無濟於事，萬不得已才到這裡來。

我不再看書，盯著青年。他一如往昔，雙手端正地擺在膝上，低聲說著「拜託！」我反問，「你朋友的家境真的如此貧困嗎？」他回答說並不是那樣的，只是朋友的家鄉路途遙遠，無法應急才會如此拜託，兩週後家裡應該能寄來錢，屆時立刻歸還。我答應借錢。當時他從布巾裡取出一幅掛軸，說：「這就是前些時候跟您提到的崋山的畫。」便展開半幅畫軸給我看。我看不出是優或劣，檢查了印譜，並無近似渡邊崋山、仰或是橫山崋山[8]的落款。青年把畫放下，說聲「那我走了！」我推辭說，「不必如此！」他也不理會，就擱下畫

8另一位京都的畫家。

了。翌日，又來取錢，從此即無音訊。到了約定的二週後，既無影也無蹤。也許是覺得自己被騙了，我把那幅猿畫掛在牆壁，直到秋天。

我穿著厚衣，正覺得心裡發慌時，長塚照例又來說，「借我錢吧！」我已厭煩如此屢屢借貸。突然憶起那個青年的事，便說，「有筆錢，如果你願意去取，取了就借給你！」長塚搔搔頭，稍稍猶豫，終於下定決心似的，答道，「好，我去！」我寫了封信告知請把先前借的錢給此人，又附上了猿的掛軸，讓長塚帶去。

翌日天亮，長塚又驅車趕來。他一進門，立刻從懷裡取出信，我接來一看，竟是昨日自己寫的那封。而且，封口也未拆。問他去了嗎，長塚皺著眉說道，「去了，但是實在不成，太慘的傢伙啊，住在好骯髒的地方，妻子坐著刺繡，那傢伙還生病呢。——實在說不出錢的事，為了安慰他，使他安心，我只還了掛軸就走了。」我略感訝異地回說，「啊，是嗎？」

第二天，青年寄來明信片，上面寫著，「說了謊，對不起。畫軸已收到。」我把那明信片與其他信件一併，丟進放雜物的箱裡。然後，又再度忘了青年的事。

之後，冬天來了，照例又是繁忙的正月。我趁著無來客的空檔，正在工作時，女傭拿來一個油紙包裹的小包。是個沉甸甸且圓圓的物件。寄件人的名字，就是不記得何時已忘的那青年。我打開油紙，剝去報紙，發現裡面放著一隻山雞，還有一封信。上面寫著，「而後又發生了諸事，現在已回到家鄉。您借給我的錢，打算三月去東京時一定歸還。」信紙染上了山雞的血，變得堅硬而難以剝開。

那日又是週四，是一群年輕人聚會的夜晚。我與另外五、六個人一同，圍著大餐桌吃山雞湯。然後，在心裡祈求那個穿著華麗小倉織袴褲、臉色蒼白的青年成功。那五、六人離開後，我給青年寫謝函，還附上一句，「關於去年的錢的事，就別放在心上了。」

蒙娜麗莎

一到週日，井深便把手揣進圍巾裡，到附近的骨董店走走瞧瞧。他選中的是其中最髒亂不堪，擺的盡是前代廢棄物的店家，然後擺弄著那個這個的。畢竟他本不是精通此道之人，暗自盤算的不在於能判斷出優劣的東西，而是能一點點買回那些便宜又有趣的東西，說不定一年總有一回能挖到寶藏。

約莫一個月前，井深以十五錢買了個鐵瓶的瓶蓋充當文鎮。近來的週日，又以二十五錢買了鐵的刀鍔，還是當作文鎮。今天，則是鎖定稍大的東西。他想要一個書房的裝飾品，軸畫也好裱畫也好，就是可以立刻吸引人目光的。環顧後，發現一幅彩印的西洋仕女畫，滿布塵埃，橫豎著。一個溝渠已被磨平的滑輪，上面放著一只看不出端倪的花瓶，瓶口還插著一支黃色的尺八，而那尺八的吹口正擋住了這幅畫。

西畫與這家古董店，顯得格格不入。那畫的顏色儼然超越現代，卻被幽幽地淹沒在陳舊古老的空氣裡，於是放在這家古董店裡，又好似順理成章的模樣。井深推測肯定是廉價品。一問竟要一日圓，略想了想，既然玻璃也完好，畫框也結實，便與老闆講價，最後降價為八十錢。

井深抱著這半身的肖像畫回家時，正是個寒冷天的傍晚。走進幽暗的房間，他立刻拆去畫框的包裝，懸掛在牆壁上，靜靜地坐在畫前，直到妻子拿著煤油燈走來。井深要妻子拿著燈去到畫旁，在燈光的照耀下，又再度仔細地端詳那副八十錢的畫。在整體陰沉暗黑的色調中，徒讓那張臉顯得更加發黃，或許也是年代久遠的緣故吧。井深坐著，看向妻子，問道，「如何？」妻子拿著煤油燈的那隻手，略微往上挪，許久不說話，淨看著發黃的女子的臉，終於說了句，「這張臉真叫人不舒服啊！」井深只是笑笑，回答說，「就八十錢而已。」

飯後，他找來踏凳，在楣窗釘了釘子，把買來的畫掛上。此際，妻子出言企圖制止，說道，「這女人長得一副不知會幹出何事的模樣，讓人看了心裡也不對勁，還是別掛了吧！」井深說句，「是你太敏感了吧！」便充耳不聽。

妻子退回起居室。井深坐在書桌前，開始他的調查工作。約才過了十分鐘，他突然抬起頭，想再看看那幅畫。停下了手裡的筆，眼睛一望，那個黃色的女人在畫裡微笑。井深盯著嘴角，那果然是畫家對光線的設置掌握。薄薄的唇兩端略微翹起，而翹起的位置又讓人看來有些凹陷，因而緊閉的嘴唇，像是準備張開似的。或是，原本張開的嘴唇，又刻意緊閉的模樣。然而究竟為何，不得而知。井深心裡不舒服起來，只得又埋首桌案。

說是調查工作，大半只是抄寫罷了，由於不需要付諸太多專心，只要過些片刻，他又抬起頭看著畫。果然那嘴角像在說些什麼，可是又非常的沉靜。細長的單眼皮底下的靜謐眼眸，正望著坐墊的下方。井深又再度埋首桌案。

那晚，井深端詳了這畫無數回。然後，愈發覺得妻子的評論是對的。不過，到了翌日早晨，他又覺得不是那麼回事，遂去到役所上班。下午四時左右返家一看，昨夜的那幅畫正仰躺在桌子上。聽說午後，突然從楣窗上掉落下來。理所當然玻璃摔得粉碎。井深順手打開畫框的背板瞧瞧，結果畫與背板之間，夾著一張摺疊成四方的洋紙。打開一看，上面寫著陰鬱且奇妙的一段話。

「蒙娜麗莎的唇藏著女性的謎。自古以來能描繪這個謎的僅有達文西，卻無人能解開這個謎。」

翌日，井深去到役所，問大家可知道蒙娜麗莎。但是，無人知曉。又問那可知道達文西，果然也無人知曉。於是，井深聽從妻子的勸告，以五錢的價格把這幅不吉利的畫賣給了收破銅爛鐵的。

火災

因為喘不過氣，我停下腳步，抬起頭，眼見火焰的碎末從頭頂竄去。在降霜的清澈天空深處，那些數不盡的碎末飄然而起，隨即消失。就在我意識到之際，後方一大片鮮豔的東西，颳了起來，追了上來，閃閃爍爍，顯露出熾熱之勢。突然間，又消失不見。往飛來的方向望去，星火宛如聚集形成巨大的噴水，匯集成柱，毫無間隙地燃燒著寒冷的黑夜。在四、五公尺遠處有座大寺院，在漫長石階的中途，一株粗壯的冷杉高聳在河堤，靜謐的樹枝延伸映著黑夜。火就是從那後方燃燒起來的，眼前徒留漆黑的樹幹與木然不動的樹枝，其餘皆燒得通紅。火苗應該是源自更高處的河堤之上。再往前走約一百公尺左右，左轉上坡，就能去到火災的現場。

我加緊腳步，然而原在後方來的人們皆趕上我，其中有些人在擦身而過時還發出了喊叫聲。昏暗的路況，讓人們不由得繃緊了神經。來到坡道下，終於準備上坡之際，我的心情急迫得像胸口被人猛撞似的。那陡斜的坡道被黑壓壓的人群淹沒，從上到下擁擠著。火舌毫不留情地在坡道的上空竄起飛舞，若要是被這人群的漩渦捲入，被推擠到坡道上方，回過身之際恐怕就是一片焦土了。

我又想了想，再走約五十公尺左右，同樣向左轉還有一個大坡道，如能爬上去，那裡應該既不慌亂也安全吧。於是我焦躁地避開迎面而來的人群，終於來到轉彎處時，對向傳來刺耳的鈴聲，是運來蒸氣幫浦，伴隨著連連「不閃開就等著被輾過！」的吆喝聲，急速朝人群奔去，同時還有高昂的馬蹄聲，並且一邊使勁扭轉馬的頭朝向坡道的方向。馬嘴唾液飛濺，抵著咽喉，耳朵往前豎立，冷不防收攏了前腳，猛然飛奔而去。栗色毛的馬身，在飛掠過身著外褂的男子手上的提燈時，頓時綻放出猶如天鵝絨的光澤。眼看紅色的巨大車輪好似要輾過我的腳，趕緊轉身之際，載著幫浦的馬車已筆直地奔馳上坂道。

在路途中途，先前原本在前方的火舌，如今卻看來是在身後。為此，不得不往回走再左轉，終於發現小巷，結果是一條狹窄的小路。我隨著人群擠入其中，感覺天昏地暗，大家相互擠到水洩不通，而且拚命叫喊著。火焰，就在對面燃燒著。

過了十分鐘左右，我好不容易穿過了小巷。接下來的道路也僅有組屋敷[9]的寬度，也是擠滿了人群。我方才走出小巷，隨即瞧見剛剛蹬地奔馳的蒸氣幫浦就在眼前。驅動馬，好不容易幫浦被載到這裡，卻被塞在四、五公尺前的轉彎處，動彈不得，無計可施，只能眼睜睜看著那火，就在鼻尖跟前竄燒。

一旁推擠的人群紛紛喊著，「在哪裡啊？在哪裡啊？」有人回答，「在那裡啊！在那裡啊！」不過彼此都不敢去到起火處。火焰順勢，猶如欲翻攪寂靜的夜空似地淒厲攀升……。

翌日午後趁著散步，基於好奇心想順便去看看失火處。爬上那坡道，穿過昨晚的那小巷，去到蒸氣幫浦停住的組屋敷，在四、五公尺前的轉角處轉彎，然後一路悠閒走過，只見猶如冬眠的房屋鱗次櫛比，靜謐無聲。到處不見失火燒毀的痕跡。我記得火燒之處就在這附近啊，然而眼前只有美麗的杉木籬笆蔓延，其中的某戶人家還傳來微渺的琴聲。

9江戶時代低階武士的住屋。

霧

昨日半夜，躺在枕上聽見啪吱啪吱的聲響。其實是託附近克萊珀姆交匯站[10]這個大車站之賜。這個交匯站，一天即湧入了上千的火車。若仔細估算，約一分鐘即有一列車進出。在起霧時，那些列車準備駛入停車之際，不知是利用何種裝置，會發出鞭炮似的聲音藉以為暗號。因為不論是閃藍色或紅色的信號燈皆無用，四周一片昏暗。

我起身下床，捲起北邊窗戶的百葉窗，朝屋外望，外面一片霧茫。下方從草坪，直到高約兩公尺的三方磚瓦牆，什麼也看不見，只有滿溢無盡的虛無，凍結成了寂寥。隔壁的庭院亦是如此。那庭院有整齊漂亮的草坪，早春的溫暖時節，蓄著白鬍子的老先生會出來曬太陽。那時，那位老先生的右手總是停著一隻鸚鵡，他會把那鳥靠近自己的臉龐，彷彿眼睛就要塞進鸚鵡的喙了。鸚鵡

10 英國倫敦的 Clapham Junction。

則拍動著翅膀，頻頻發出叫聲。老先生未出來時，他的女兒則撩起長裙，不停地以除草機除草。充滿這些記憶的庭院，如今也徹底被霧淹沒，與我那荒蕪破敗的寄宿住處連成一片，無邊無境地繼續蔓延。

隔著後巷，對面有座哥德式教堂的高塔，那塔的灰色刺向天際，不時傳來鐘聲，又以禮拜日尤甚。今天無論是尖銳的塔頂，就連以砌石不規則堆疊的塔身模樣也瞧不清楚。就在猜疑究竟於何方之際，心情也彷彿陰鬱，鐘聲也宛如不再響起，就連鐘的形狀也被深鎖在濃霧深影中。

我走到大街上，只能瞧見約四公尺遠的地方。走過這四公尺，才終於又看見四公尺遠之處。彷彿整個世界被濃縮在這個四公尺平方裡，愈往前走就能瞧見四公尺見方的新天地。相對的，方才走過的過往世界皆消失而去。

站在十字路口等待馬車時，突然間，馬頭穿透深灰色的空氣從我眼前而過，然而在馬車車頂的人，仍未穿透濃霧。我衝進濃霧，跳上馬車往下望，馬頭已顯得朦朧。每回馬車交會時，僅有在交會時讓人覺得繽紛，但轉瞬間帶有色彩的一切又消失在汙濁的空氣裡，漠然地被包裹在無色彩中。經過西敏橋時，有一、兩回某個白色物體掠過眼前，聚精會神凝視其去向，終於發現海鷗如夢般在深鎖的霧氣中飛翔。此時，頭頂的大笨鐘鄭重地敲打，告知十點鐘。而我仰起頭來，空氣中卻僅有聲音迴盪。

在維多利亞辦完事後，我沿著泰特美術館旁的河岸走到巴特錫，方才尤還深灰色的世界，突然從四面八方黑沉下去。我四周流淌著猶如溶入泥炭，濃厚且染黑的濃霧，直逼入我的眼、我的口、我的鼻。身上的外套潮濕得像是被悶住了，呼吸間像吸入淡淡的葛湯，令人窒息，而雙腳猶如踩在地窖般。

我在這沉悶的茶褐色裡茫然佇立，感覺諸多人從我身旁走過。然而只要未擦肩而過，我實在也難以確定是否真有人走過。當時，在這般的濛濛大海中，有個如豆子大的黃色物體朦朧漂流而來。我朝著這個目標，移動了四步，結果來到店家的玻璃窗前。店內點著瓦斯燈，顯得明亮，人們也一如往常行動著，此時我才終於安心了。

走過巴特錫後，漫無目的往對向的小山丘走去，小山丘上盡是無營業的商家。好幾條近乎相同的巷子並列，即使是晴天也容易迷路吧。我思量應該在前面左側的第二條巷子轉彎，然後再直行兩百公尺左右。可是，接下來該如何走，我也茫然。我獨自站在黑暗中思量著，此時右方傳來腳步聲，隨即在四、五公尺遠的地方停了下來，然後漸漸消散。終於，再也聽不到任何聲音，四周寂靜一片。我再度獨自站在黑暗中思索著，想著該如何回到寄宿住處。

掛軸

大刀老人決定在亡妻三周年忌日前，一定要為她立一方石碑。但如今仰賴收入微薄的兒子養活，好不容易才熬過眼下的日子，根本連一分錢都存不了，即又到了春天。老人面露宛若控訴的神情，對兒子說，「三月八日可是那個人的忌日啊！」兒子只是回答了一句，「啊，是嗎！」大刀老人終於下定決心，把先祖傳下珍藏的一幅畫賣了，企圖籌出錢來。他問了兒子，「這個方法可好？」兒子有些惱怒卻也無可奈何，遂贊成說，「也好！」那兒子在內務省的社寺局[11]，月薪四十日圓，除了養活妻子與兩個孩子之外，還得奉養大刀老

11內務省，已於昭和二十二年廢止，原掌管國內行政。而社寺局隸屬於其下，負責處理神社、寺院相關的行政事務。

人，簡直是辛苦極了。若不是老人還安在，珍藏的掛軸早該拿去換錢貼補家用。

那掛軸是約一尺見方的絲綢畫布，因年代久遠，呈現猶如燻竹的顏色。掛在陰暗的客廳時，黯淡得看不清上面畫了什麼。老人宣稱是王若水[12]所畫的錦葵。而且，每月一或二回將其從壁櫥裡取出，先擦拭桐木箱的塵埃，再慎重地拿出箱裡的畫，旋即掛在三尺高的牆壁上，欣賞端詳。果然這一端詳，在一片灰燻中，有一大塊如瘀血般的圖案，還有隱約疑似褪去綠色顏料的痕跡。老人對著這早已模糊的中國畫古跡，彷彿也忘卻了這個他住得太久以至於感覺活過了頭的世間。有時他一邊凝視掛軸，一邊吸菸或喝茶。或是，就僅是凝視。

「爺爺，這個，是什麼？」小孩伸手要碰時，他才返回現實般說著，「不可以碰！」然後靜靜起身，準備收起掛軸。接著，小孩向爺爺討彈丸糖，老人說，「待會就去買彈丸糖，所以不許胡鬧！」一邊緩緩捲起掛軸，放入桐木箱，再收進壁櫥裡，然後外出到附近散步。回程順路去了市街的糖果店，買了一包薄

12元代的畫家王淵。

荷味的彈丸糖回來，說聲「瞧，彈丸糖！」然後分給小孩們。兒子晚婚，所以小孩們一個六歲、一個四歲。

與兒子商量後的翌日，老人以包巾包起桐木箱，一大早便出了門。下午四時左右，又拿著桐木箱回來。小孩們迎到門口問著，「爺爺，彈丸糖呢？」老人不發一語走進客廳，從箱裡取出掛軸，掛在牆壁上，開始茫然望著。方才他拿著它去了四、五家古董店，有的店家說沒有落款，也有的說畫都褪色了，似乎不見他們對這掛軸獻上半點老人預期的尊敬。

兒子說別去古董店了，老人也說古董店萬萬不可。過了兩週左右，老人又揣著桐木箱外出，因透過介紹，拿去給兒子課長的友人看看。那次老人依舊沒有買彈丸糖回來。兒子一回到家，老人便說起，「何必把畫讓給那種毫無鑑賞力的男人，他手上的都是贋品啊！」說得好似在數落兒子毫無道義，兒子只得苦笑。

二月初旬，偶然的好機緣，老人把這幅畫賣給了業餘的書畫愛好者。老人立刻前往谷中，為亡妻挑選了一方氣派的石碑。剩餘的錢，則存入郵局。而後，過了五日左右，他一如往常外出散步，但比往昔晚了兩小時才返家，兩手還捧著兩大袋的彈丸糖。聽說他是掛心賣掉的掛軸，遂去拜託對方讓他再看一遍。那掛軸靜靜地掛在四張榻榻米大的客廳，畫前插著彷若清澈見底的蠟梅。老人說，「還請我坐在那裡喝茶呢。」老人又對兒子說，「也許比起放在我這裡，更叫人安心呢！」兒子也回答說，「也許是吧！」而小孩們連吃了三天的彈丸糖。

紀元節[13]

一間向南的房間，三十名小孩背對著明亮的那一側，烏黑的腦勺齊聚，一同望向黑板，老師則從走廊走了進來。老師是個矮，大眼，纖瘦的男子，邋遢骯髒的鬍鬚從下顎延伸到了臉頰。因此，碰觸到不光滑下顎的和服衣襟，看來也似乎沾染了淡黑的汙垢。因為那身衣著，因為那邋遢蔓延的鬍子，還有，從

13紀元節（神武天皇即位紀念日），原本是日本法定節假日中的四大節（紀元節、四方節、天長節、明治節）之一，第二次世界大戰結束後遭廢除，改為日本建國紀念日。

不曾斥責我們的那份上，大家皆瞧不起老師。

老師終於取了白粉筆，在黑板上寫著大大的「記元節」三字。每個小孩像要把頭壓在桌上似地開始寫起作文。老師伸長了背脊，環視一圈後，即沿著走廊走出房間。

結果，後排數來第三張座位的那個小孩，起身走到老師的講桌旁，拿了老師方才使用的白粉筆，把黑板上的「記元節」的「記」槓掉，在旁邊重新寫了粗大字體的「紀」。其他小孩也不笑，只是驚訝地看著。那個小孩又回到座位上，不久之後，老師回來房間，然後留意到黑板。

「好像有人把『記』改成『紀』了？其實『記』也是可以的。」老師說完，又環視一圈，大家皆沉默。

把「記」改成「紀」的就是我。即使來到明治四十二年的今日，憶起此事，我仍深感自己品行低劣。無時不刻不想著，如果那時不是邋遢的福田老師，而是大家都畏懼的校長，該有多好啊。

生財門路

「那裡是栗子的產地啊。按現在的行情差不多一日圓可換到四升左右吧。拿到這裡，一升就能賣個一日圓五十錢。因此，我剛好在那裡時，接到來自濱的一千八百米袋訂單。運氣好的話，一升可以賣到二日圓以上，所以趕緊備貨。備齊了一千八百米袋，我就連同栗子去到濱，——沒想到買家是中國人，貨當然是運送到他自己的國家。結果，那個中國人出來說，『好了！』我以為買賣就結束了，沒想到他竟在倉庫前搬出高約一百公尺的大木桶，不斷地往桶裡倒水。——究竟做什麼用，我也搞不清楚。況且那麼大的木桶，要裝滿水可不是容易的事，就那樣耗費了半天的時間。我想著接下來要幹啥啊，所以就在一旁看著，結果那些栗子啊，米袋被拆封，不斷倒進了木桶裡。——當時我實在訝異得不得了，不過到了後來才終於搞懂。中國人這些傢伙果然狡猾得厲害啊。栗子丟進了水裡，堅實無恙的會往下沉，只有被蟲蛀蝕的浮起。如果那中國人拿撈子一撈，說這些都不行，那麼米袋的重量一減，可怎麼了得。我在一旁看得心驚膽跳的，畢竟有七成都給蟲蛀了，實在不成，損失慘重。——讓蟲給蛀了？這可是忌諱，大家肯定是打回票的。但畢竟是中國人啊，他索性佯裝不知道，全裝進米袋，照樣往自己的國家送。

「之後，我還曾買進薩摩芋。一米袋四日圓，共兩千米袋的訂單呢。但是，接到訂單時是月中，說是十四日至二十五日期間交貨，我怎麼也不可能湊到兩千米袋這個數量啊。於是就說不成，暫且回絕了。坦白說，總覺得遺憾。結果商館的頭家說話了，雖說契約寫的是二十五日，可是不見得非得嚴格執行，他再三勸我，我才終於回心轉意。——哎呀，不過那薯芋不是運往中國，而是美國。看來美國還是有啃薩摩芋的傢伙，可真是奇妙啊，——所以，我立刻著手收購，從埼玉去到川越那邊啊。嘴上說是兩千米袋，真要收購起來，可是龐大的數量啊。不過總算湊足，終於在二十八日過後帶著契約約定的袋數前去。——對方真是狡猾的傢伙啊，說契約書中有一條款是，如逾期違約時，得負擔八千日圓的損失賠償。他死抓著這條款，怎麼也不肯付貨款。不過原先我也收了四千日圓的訂金，就在交涉之際，對方竟把薯芋運到了船上，實在無計可施，也真是氣死人了。於是我繳了一千日圓的保證金，申請扣押現貨，好不容易把薯芋扣留住了。沒想到對方道高一丈魔高一尺，繳了八千日圓的保證金，無所忌諱地出船了。最後對簿公堂，但畢竟契約書寫得清清楚楚，也無可奈何。我在法官面前哭了。我說，薯芋要白白送人，又輸了官司，再也沒有比這更蠢的事了，請法官設身處地為我想想。法官心底大概也是同情我的，但來到法律之上，也無濟於事了。最後，我還是輸了。」

隊伍

我不經意從書桌抬起頭，望向門口的方向，書房的門不知何時半開著，原本寬敞的走廊僅從門縫露出約二尺寬度。異國風的扶欄遮去走廊的盡頭，上方的玻璃窗緊閉。從蔚藍的天空洩下的陽光，斜入簷邊，穿過玻璃，照亮外廊的前方，就連書房門口也曬得溫暖。我凝視日照之處，好一陣子，彷彿眼底湧出陽炎，滿富春之思緒。

此際，某個約莫與扶欄同高的物體，淩空從那不到二尺寬的間隙而現。紅底白色藤蔓織紋的緞帶被綁成圈，由額頭往頭髮上套去，像是海棠的花朵連同綠葉也圍成圈插著。黑髮配上淡紅的花苞，猶如大大的水珠，清楚可見。此時顯得被冷落的下顎正下方，僅有一片紫，被打了個褶子，在邊緣處飄忽著。不見袖子也不見手或腳。那身影，宛若穿過了落在走廊的陽光而去。接著是……。

這回登場的略矮些，以一塊鮮紅色厚布蓋住頭頂直到肩膀，後背則披著線條交錯的竹葉花紋布。整副身軀看來像僅有一片葉似的，猶如深灰色中殘存的一抹綠。儘管如此，那竹葉的圖案仍顯巨大，比起走廊的那雙腳。待那幼紅的雙腳移動了約莫三步，略矮的已無聲走過書房門口。

第三個的頭巾是白與藍相間的弁慶格紋，帽沿下的側臉圓潤膨滿，那臉頰紅得像熟透的蘋果。僅瞧見茶褐色眉毛眉尾，眉毛下方驟然凹陷，而圓鼻又出乎意外地略微高過膨潤的臉頰，整張臉顯得鼻尖突出。那黃色條紋布包裹住了半邊的臉，長衣袖的袖襬拖曳足足三寸長。他拄著比他還高的胡麻竹杖走來，手杖的頂端還裝飾著茂密且帶有光澤的羽毛，在陽光照射下熠熠生輝。袖襬帶著黃色的格紋，像是袖子的裡襯，但就在泛起銀光時，人影已去。

接著現身的是一張雪白的臉，從額頭塗抹到臉頰，再從下巴去到耳根，猶如一堵牆般靜謐，僅有一雙眼眸閃著光采。嘴唇疊著紅色，折射出青藍色的光。胸口附近帶有鴿色，往下直到衣襬處，著實令人看得眼花撩亂，只見其神情嚴肅揣著小提琴，扛著琴弓。就在那兩腳走出我眼前之際，他背後墊著的四方形黑絲緞，那中央的金絲線刺繡一度泛起了太陽。

最後出場的更小，宛如從扶欄下方滾過來似的，然而一副坦然自若的樣子。整體顯得腦袋特別大，上頭還戴著一頂五顏六色的帽子。帽子中央突起的帽頂，像似高聳抵天。其身穿井字圖案的窄袖和服，搭配綴著紫藤色天鵝絨流蘇的衣料，從後背延伸下半身，垂墜成了三角形。腳則套著紅色的足袋，手裡拿的朝鮮團扇，足足遮去身體的一半。團扇上以漆繪上了紅、藍、黃三色的太極圖案。

隊伍安靜地從我眼前經過。敞開的房門將虛無的日光送進了書房門口，就在我備感到外廊那四尺寬的寂寥時，突然對面一角傳來拉小提琴的聲音。隨即，又響起幾個小咽喉發出的交疊嗤笑聲。

我家的孩子們每天拿出他們母親的外褂或布巾，玩著這樣的遊戲。

往昔

皮特洛赫里[14]的山谷正值深秋。十月的太陽，將映入眼簾的山野與樹林染成溫暖的顏色，而人們就在此坐臥生息。十月的太陽在半空中裹住寧靜山谷的空氣，使其不直接落入地面，卻也不至於逃逸到山的另一頭。於是始終安靜地，不動地籠罩在這個無風的村莊上方。那期間，原野與山林的顏色逐漸轉變。整個山谷染上時代遷移的氣息，猶如原本酸澀的東西不知不覺間變得甜蜜。此刻的皮特洛赫里山谷，比起百年的往昔、兩百年的往昔，倒反益顯落寞。人們抬起世故的臉龐，望著滑過山脊的雲朵。那雲朵時而泛白，時而泛灰，不時從薄薄的底部透見山之地。無論何時見著，總覺得是古老雲朵的氛圍。

我的住處就佇立在剛好得以眺望這雲朵與這山谷的小山丘上。陽光會照映

14 蘇格蘭的 Pitlochry。

在朝南的那一面牆，不知被十月的太陽曬了多少年，使得靠西那一側已枯成了深灰色，還攀附著一株薔薇，幾朵花綻放在冰冷的牆壁與溫暖的陽光之間。碩大的花瓣猶如拍打著鵝黃色的陣陣波浪，從花萼翻越出來似的，安靜地各自盛開著。花香在微微的陽光照射下，逐漸消散在約四公尺寬的屋子裡。我站在這屋裡，往上望。儘管薔薇直往高處延伸，深灰色的牆還是筆直高聳在薔薇藤蔓無法抵達之處。屋簷盡頭的那端，還有一座塔，陽光從高處的薄霧穿透而下。

腳下的山丘座落在皮特洛赫里的山谷，觸目所及的遙遠下方埋進平淡的色澤裡。對向的山巒，樺樹的黃葉層層交疊直抵山頂方向，架構出數階濃淡不一的坂道。在山谷反射出的明亮且寂寥的色調中，一道黑色筋脈從旁蜿蜒蠕動。是飽含泥炭的溪水，猶如融入了染料粉末，泛出陳舊的顏色。我是來到這座深山，才見識到這樣的河流。

山野的主人來到我身後。他的鬍鬚被十月的陽光映出七分白，身上的裝扮也非比尋常。他的腰下穿著蘇格蘭裙，布料像是馬車夫蓋膝蓋保暖用的粗條紋毛織品，長度來到膝上，貌似燈籠褲，還打著一道道豎褶，粗毛線的長襪僅遮去小腿。所以每走一步，隨著蘇格蘭裙的裙褶搖曳，膝蓋與大腿之間隱約若現。看來是不忌諱裸露膚色肉體的傳統裙褲。

主人身上掛著以獸皮做成，猶如小木魚的錢包。夜裡他坐在暖爐旁的椅子上，一邊望著燒出聲響的紅色炭火，一邊從那個木魚拿出菸斗與菸草，然後吞雲吐霧度過漫漫長夜。那個木魚名為「Sporran」。

我與主人一起下山崖，來到略微幽暗的小徑。看見了名為「蘇格蘭赤松」的常綠闊葉林，那樹葉猶如細切的昆布般纏著雲，怎麼也抖落不去似的。栗鼠搖著又長又粗的尾巴快速地攀爬上幽黑的樹幹，就在我才留意到此景時，又一隻從經年累月厚積的青苔上飛竄而過。而青苔依舊豐潤，不動聲色。那栗鼠的尾巴宛如拂過滄黑大地的撣子，遁入暗處。

主人轉過頭，指著敞亮的皮特洛赫里山谷。幽黑的河流依舊流淌其中央，他說，沿著河流往北走個四公里即是基里克蘭基峽谷。

高地人與低地人在基里克蘭基峽谷對峙戰爭時，屍體卡在岩縫，堵住了沖刷岩石的河水，於是流滿高地人與低地人鮮血，河流徹底變色，就那樣流經皮特洛赫里山谷整整三日。

我決定明日一早造訪基里克蘭基的古戰場。離開山崖時，腳邊散落了兩、三片美麗的薔薇花瓣。

聲音

豐三郎搬來此寄宿處已三天了。第一天，在日落傍晚的昏暗天色下，他既要拚命收拾行李，又要整理書籍，如忙碌的影子晃動著。之後，他去到街上的澡堂泡澡，回來隨即睡了。第二天，他從學校回來，坐在書桌前，看了一會兒的書，但不知是突然搬家之故，總覺得心不在焉。此時，窗外頻頻傳來使鋸子的聲音。

豐三郎坐著，伸手拉開拉窗，這才發現花匠就在咫尺處，正使勁卸除梧桐樹的樹枝。花匠面對眼前延伸茁壯的巨大傢伙，不遺餘力地在樹枝的根處拉鋸鋸子，隨著樹枝逐漸落下，泛白的切口也愈加顯眼。同時，原本漠然的天空彷彿從遙遠處聚集到了窗邊，在眼前展開。豐三郎坐在書桌前，手托著腮，漫不經心的，眺望梧桐樹上的秋日晴空。

就在豐三郎把目光從梧桐樹移到天空之際，突然極為感慨。待這份感慨終於平穩下來，故鄉的記憶猶如打上逗點般，浮現於心的一角。儘管逗點在遙遠的那方，卻又清晰可見得猶如呈在書桌上。

山麓有座大茅草屋頂的房子，從村落再往上走個二百多公尺，山路的盡頭就是自己家的門。進到家門，有匹馬，馬鞍旁繫著一束菊花，馬兒搖曳著馬鈴，躲進了白色牆壁裡。太陽高掛，照耀著屋脊。就連隱身在後山的松樹樹幹也閃耀發光，清楚可見。正值產菇的時節。即使豐三郎坐在書桌前，也嗅聞到了剛採收的菇香。然後，聽見母親叫著「豐，豐啊！」的聲音。那聲音非常遙遠，但又彷彿掬手可得的清楚。——五年前母親已死去了啊。

豐三郎冷不防地回過神，眨動眼睛。終於，又清楚看見梧桐樹就在眼前。那原本欲延伸茁壯的樹枝，一端已被鋸截去，樹枝的根處埋在了樹瘤裡，猶如彆扭般地用力著，著實令人不忍逼視。豐三郎突然覺得，自己彷彿被誰硬逼在書桌前。隔著梧桐樹，他俯視圍牆外那三、四間骯髒的長屋。在那裡，露出敗絮的棉被，毫不遮掩地曬著秋天的陽光。傍晚，他看見一位五十多歲的婦人佇著，望著梧桐樹梢。

她處處褪色的格紋和服上，捆繫著一條細細的腰帶，再以一把大髮梳纏繞稀疏的頭髮，她只是站在那裡，茫然地望著枝葉已光禿的梧桐樹頂。豐三郎看見婦人的臉了，那臉龐蒼涼浮腫。在婦人浮腫的眼皮底下有著細細的眼睛，她像是望著什麼耀眼的東西似地仰望豐三郎。豐三郎趕緊把自己的目光移到書桌上。

第三天，豐三郎去了花店，買回菊花。他想要的是如故鄉庭院栽種的，但遍尋不到，不得已只好拿了花店現有的三株，請店家以稻草捆綁，再插進如酒瓶的花瓶裡。他從行囊底下取出落款帆足萬里[15]的小字畫軸，掛在牆上。這是前幾年回家鄉時，為了裝飾房間特意帶來的。隨後，豐三郎坐在座墊上，欣賞著字畫與花。此時窗前的長屋那端，傳來呼喚「豐，豐啊！」的聲音。無論是語氣也無論是音色，那聲音都與故鄉的溫柔母親不同。豐三郎隨即拉開了窗戶。結果是昨日見到的那位臉龐蒼茫浮腫的婦人，秋天的陽光正映照著她的額頭，而她正招手呼喚一個十二、三歲垂掛著鼻涕的男孩。而就在拉窗發出聲響

15江戶末期的儒學家。

的同時，婦人又揚起那雙浮腫的眼睛，仰望著豐三郎。

金錢

猶如把誇張的社會新聞照相製版後，再加以延伸擴展的小說，連續讀個五、六本，肯定厭煩透了。即使吞下飯食，生活的難也不能連同飯食吞進胃裡。腹部脹滿，鼓脹到了極點，十分難受。那個時候，我就戴上帽子，去到空谷子[16]的住處。這個時候，這個空谷子，總能騰出時間說話，是個像似哲學家像又算命師的奇妙男子。他說，「在無邊際的空間裡，處處發生比地球還要大的火災，那些火災的消息傳遞到我們眼前，可要花上百年的時間呢！」他是那種反而不把神田的火災放在眼裡的男子。不過，神田的火災未波及空谷子的家，倒也是事實。

16 夏目漱石杜撰的人物。

空谷子倚著小小的四方火鉢，手裡拿著銅製的火鉗，在灰燼上不停地寫著些什麼。我說，「怎麼了，你又在苦思什麼了吧。」他面露極厭煩的神情，回答道，「嗯啊，我正在想錢的事啊。」我特意來到空谷子這裡，若要再聽到錢的話題，簡直難以忍受，遂默不作聲。結果，空谷子像起了大發現似地說道。

「錢是魔鬼啊！」

我覺得空谷子的警語甚為陳腐，因而僅敷衍地說句，「是啊。」空谷子在火鉢的灰燼裡畫了一個大圓，「你的錢在這裡！」他戳著圓的中央說道。

「這個可以變化為萬物，既可以是衣服，也可以變成食物，既可以搭乘電車，也可以租屋。」

「廢話，不就是誰都知道的事嘛！」

「不，不是人人知道的，這個圓啊。」他又再畫了個大圓。

「這個圓既可以變成好人，也可以變成壞人。能去極樂世界，也能去到地獄。實在太通融靈活了。而文明卻尚未跟上，實在令人困擾。若人類能再求進步，理應限制金錢的通融度。」

「怎麼做？」

「怎麼做都好啊，──像是把錢分成五個顏色，紅色的錢、藍色的錢、白色的錢之類的，怎樣都好啊。」

「然後呢？」

「然後啊，紅色的錢只能在紅色的區域內流通。白色的錢只能在白色的區域使用。如果把錢帶出區域外，如同破掉的屋瓦，毫不值錢，於是等於限制了其通融度。」

如果空谷子是初次見面的人，在初次見面的一開始他就跟我說起這樣的話題，也許我會將空谷子視為腦部結構有異狀的善辯者。不過，既然空谷子是個能想像出比地球還巨大的火災的男子，我也就安心地聽他說明原委。空谷子的回答是這樣的。

「就某個部分看來，錢也等於勞力的符號吧。可是那個勞力又絕非是同種類的，若以錢作為同樣的代號，硬是彼此相通，簡直是大錯特錯了。舉例來說，我在這裡挖了一萬噸的煤炭，那勞力不過是機械行為的勞力罷了，若要換為金錢，理所應當，那金錢僅有資格與同種類的機械性勞力交換。可是一旦這機械行為的勞力變形為金錢，立刻擁有廣大自在的神通力，進而置換取代了道德行為的勞力。如此一來，肆意擾亂了精神層面，豈不是惡劣至極的惡魔嗎？因此，得以顏色區分，非得讓人們略知這個道理不可。」

我贊成顏色區分說。又過了一會兒，我問空谷子。

「以機械行為的勞力收買道德行為的勞力，固然惡劣，但是被收買的也不遑多讓啊。」

「是啊，見到如今如此全知全能的金錢，就連神明也要降伏於人類了，實在無可奈何啊，畢竟現代的神明是野蠻的。」

我與空谷子，聊了這些無法變成金錢的話題後，便打道回府了。

心

把泡澡後用過的布巾掛在二樓的手扶欄上，俯視春天裡陽光明媚的街道，正巧瞧見裹著頭巾，蓄著稀疏白鬍鬚的修換木屐齒職人準備走到圍牆外。他的扁擔綁著老舊的鼓，然後拿著竹製的杓子咚咚地敲打，那聲音猶如突然迸出腦裡的記憶，雖然銳利刺耳，卻又有說不出的萎靡。老職人走到小巷對面的醫生家門旁，又敲起那音色渾沌的春鼓，他的頭頂上一片雪白盛開的梅花，突然飛來一隻小鳥。修換木屐齒的老職人並未發現，他繞過斜對面的綠色竹籬笆走去，終於不見蹤影。那鳥兒展翅飛到手扶欄下，暫且停靠在石榴的細枝上，但似乎不安穩，然而就在更換兩、三回姿勢的轉瞬間，突然穩住身子抬起頭望著倚靠手扶欄的我，接著飛離枝頭。我才留意到枝頭上出現猶如煙霧掩來之際，鳥兒美麗的腳爪早已踩在手扶欄的木條上。

是從未看過的鳥，當然不知其名，但牠的羽色無疑撩撥著我的心。雙翼似鶯卻又更帶些沉穩味，胸口的羽色近似煙燻過的煉瓦色，而楚楚可憐的模樣，彷彿什麼風吹草動就足以令牠飛走了。牠不時拍動羽翼，掀起柔和的羽浪，顯得安靜溫馴。我以為驚動了牠，等於是罪過，只得暫且就這麼倚靠著手扶欄，辛苦強忍得就連一根手指也不敢亂動。出乎意外，那鳥兒看來頗為鎮靜，我心一橫，悄悄地讓身子往後退。同時之際，鳥兒也翩翩飛上手扶欄，來到我的眼前。我與鳥兒之間僅相距不到一尺。此時，我約莫是半無意識吧，竟對著那美麗的鳥兒伸出了右手。只見那鳥兒好似要將牠柔軟的羽翼、美麗的腳爪、鼓動漣漪的胸膛與所有的一切，乃至牠的命運皆託付給我，牠竟主動安然地飛進我的手心。當時我的視線盯著牠那圓圓的腦袋，心裡思量著，「這鳥兒啊……」。不過，怎麼也記不起「這鳥兒啊……」的之後是如何，那之後的種種僅是潛入心底，讓整體看來猶如淡淡的暈染。某個不可思議的力量，讓心底已滲透朦朧開來的一面，終於聚集一處，得以清楚端詳，那形狀，——果然在此時，在此地，應該與我手心的那隻鳥是同樣的色彩、同樣的物體吧。我立刻把鳥放進籠中，望著牠直到春日西斜。然而我也思索著，這鳥兒又是懷著如何的心境看著我呢？

不久外出散步。欣欣然，漫無目的地穿過好幾條街，然後行至我步行能抵達的熱鬧街道。這條大街時而右彎時而左彎，曲曲折折，隨之被陌生的路人拋在身後，隨之又湧出更多的陌生人群。無論走到哪裡，到處充滿熱鬧、活潑、歡樂的氣氛，因而實在難以想像，我正透過某處與這個世界產生連結，那連結帶來的莫非是一種拘束感嗎？得以與不止數千名的陌生人相遇，是喜悅的，但也只是喜悅罷了，我並不會記得那些喜悅的人們的面容。結果，某處傳來了寶鈴掉落碰撞到屋瓦的聲音，我嚇了一跳，朝著聲音的方向望去，一名女子站立在約十、十一公尺遠的小路路口。我幾乎看不清楚她穿著什麼，梳著何樣的髮髻。印入眼簾的只是那張臉。那張臉，要說眼睛也好，要說嘴巴也好，要說鼻子也好，總之實在難以分別描述——不，那眼睛與嘴巴與鼻子與眉毛與額頭，全是一起的，是一張只為了我才創造誕生的臉龐。自百年就佇立在此，是一張無論眼睛、鼻子、嘴巴皆等待著我的臉龐，也是百年之後仍追隨我去到任何地方的臉龐，也是靜默仍能言語的臉龐。女子默默地轉身而去。我追了上去，方才以為的小路竟是窄巷，狹窄陰暗，若是平時的我，怕是猶豫不前。可是女子默默地走了進去，默默的，卻對我說著「跟上來吧！」我緊縮著身，也走進了窄巷裡。

黑色的暖簾飄啊飄的，上面有白色蠟染後的字。接著出現彷彿要掠過頭頂的簷燈，正中央畫著三蓋松圖案，下方還有個「本」字。接著是玻璃盒裡裝滿微烤過的小米餅。接著是屋簷下，懸掛並列著五、六個四方框印花布塊。然後，我看見了香水瓶。最後，窄巷的盡頭是漆黑的倉庫牆壁。女子就在二尺遠的距離。正當我這麼想時，她突然轉頭望向我，然後緊接著右轉。那時我的思緒突然變成方才那鳥兒的心境。我尾隨女子，也立刻右轉。然而這一右轉，是比剛才更漫長的窄巷，狹窄幽暗，無止無盡。女子沉默依然，而我一如那鳥兒跟隨直到天涯海角，在這條窄小陰暗且綿延無盡頭的窄巷裡。

變化

我們兩人坐在二樓的兩張榻榻米大小房間的書桌前，那榻榻米泛起紅裡帶黑的光澤。即使二十多年後的今日，猶然歷歷在目。房間朝北，在高不足二尺的小窗前，我們兩人幾乎肩抵著肩坐著，以極為狼狽的姿勢預習功課。當房間內逐漸陰暗時，我們也顧不得寒冷，索性打開拉窗。此際，窗戶正下方的那戶人家，一位年輕女孩站在竹欄門內發呆。靜謐的黃昏使得女孩的臉龐與身形更顯得姣好。我覺得她好美啊，忍不住低頭望了許久。不過，我不曾與中村[17]提起此事，中村也從未提起半句。

如今我早已忘記那女孩的長相，只隱約記得好像是工匠或什麼人家的女

17夏目漱石十九歲時，為賺取學費，與這位中村是公一起在當時的「江東義塾」擔任教師。

兒，總之也是生活在長屋裡貧窮人家的孩子。我們兩人的生活起居之處，也在屋頂不見一片屋瓦的老舊長屋的一角，樓下混合寄宿著學僕與幹事共十人。然後，大家在任風吹雨淋的食堂，穿著木屐，一起吃飯。餐費一個月只要二日圓，相對的是難以下嚥的東西。儘管如此，每隔一天還是能吃到一次牛肉湯。當然，僅有少許的肉脂漂浮在湯汁裡，頂多筷子沾染了些許的肉香罷了。因此，私塾生總頻頻抱怨不公平，說幹事狡猾，存心不讓他們吃到好吃的餐食。

中村與我是這個私塾的教師。我們兩人月薪皆領五日圓，一日教授約兩小時的課程。我以英語教授地理或幾何學。有時解說幾何學，原本應該重疊畫在一起的線，卻怎麼也無法重疊時，也著實令我困窘。然而在一張複雜的圖面上畫粗線條之際，兩條線終於在黑板上重疊時，又令我欣喜不已。

我們兩人早起後，穿過兩國橋，去到一橋的預備門[18]上學。當時預備門的學費則是二十五錢。我們兩人將彼此的月薪放在桌上，混雜在一起，從中扣除二日圓的餐食費，以及些許泡湯錢，剩餘的則揣入懷裡，到處去吃蕎麥麵、紅

18當時規定，在大學接受三年的教育之前，必須在預備門接受五年的教育。

豆湯、壽司。直到共有財產用盡，兩人就幾乎不出門了。

去預備門的途中，有次中村曾在兩國橋上問我，「你讀的西方小說，有出現美女的角色嗎？」我說，「有的。」不過究竟是哪本小說？又出現了何等的美女？如今我卻完全記不得了。當時中村就是個不讀小說等書籍的男子。

中村因划船比賽贏得冠軍時，學校給了他若干獎金，他用那些錢買了書，還讓某教授在書頁寫上致贈某某以做紀念的字句。當時中村說，「我才不要什麼書呢，剩下的錢就給你買你喜歡的書吧。」於是他為我買了阿諾德[19]的論文與莎士比亞的《哈姆雷特》。那些書，我現在仍然保存著。那時，我初次閱讀《哈姆雷特》，卻完全讀不懂。

離開學校後，中村立刻去了台灣。自此未再見過面，不過竟在倫敦市中心偶然相遇。那是七年前的事了。當時中村的神情一如往昔，卻變得有錢。我與中村一起到處走走玩玩。與以前不同的是，中村不再問我，「你讀的西方小說出現了美女的角色嗎？」反而是他主動跟我談起西方美女的種種。

19 Matthew Arnold，馬修．阿諾德是英國近代詩人、評論家、教育家。

回到日本後，我們未再見面。結果今年一月末，他突然差人傳話，說是想與我說說話，約在築地的新喜樂。約定的時間是正午時分，但眼前的時間卻已過十一時。況且那日北風強勁，是一外出就連帽子或車子也要被吹飛的程度。況且那日的午後，我還有必須處理的要事。於是拜託妻子去打電話，詢問他明日是否有空。結果他說明日得準備遠行，事忙……話說到此，電話就斷了。之後，無論妻子撥了幾回電話，還是不通。妻子冷著一張臉回來說道，「莫非是強風造成的？」因此，我們終究未能見上面。

從前的那個中村，變成了滿鐵的總裁[20]。從前的那個我，則變成了小說家。滿鐵的總裁究竟是怎樣的工作，我一無所知。而中村，想必如今就連我的小說也一頁未讀過吧。

克雷格老師

20 南滿洲鐵道公司的長官。

克雷格老師像燕子似地在四樓築巢。若站在鋪石路的一端，抬頭往上望，甚至瞧不見窗戶。要是由下慢慢一階階往上行，總要落得大腿略感痠痛時，才終於抵達老師家的門前。說是門，也沒有像樣的門扉與屋簷，就是一扇寬不到三尺的黑色門板，上面僅懸掛著銅製的敲門環。我站在門前休息一會兒，拉著敲門環拍打門板，接著由內打開了門。

為我開門的，總是那個女人。也許是近視吧，她戴著眼鏡，對我的造訪，老顯出止不住的驚愕。她年約五十多歲，理應在這兒住了一陣時日，早已見慣人情世故才是，卻依然是受到驚嚇的模樣。她睜大眼，彷彿敲門是多麼可憐的事，然後說句，「請進吧。」

我進門後，那個女人隨即消失。接著即來到客廳——起初我根本不認為那是客廳。室內毫無裝飾品，僅有兩扇窗戶，以及許多的書。克雷格老師多半坐鎮其中，見我進來後，打聲招呼後伸出手來。我以為那是準備握手的意思，也伸出手準備與他握手，但他卻毫無動靜。我畢竟不是個喜歡握手的人，心想既然不握倒也好，結果他又發出啊呀的聲音，照例不情願地伸出那佈滿汗毛與皺紋的手。習慣，果然是不可思議的事啊。

那隻手的所有者，便是接受我提問的吾師。初見面時，我詢問了學費的事，他說了句，「是呀！」望了窗外一會兒，隨即回答，「那就一次七先令吧！若覺得太貴，我就折些價吧。」於是我以一次七先令計算，於月底全額付清，不過有時仍突然遭到老師的催款。他說，「你，若還有些錢的話，可以先付嗎？」我掏出西服褲口袋裡的錢，全部交了上去。老師說了句，「不好意思啊！」一邊攤開那隻不情願的手接過錢，然後瞧了瞧掌心，最後全部放進西褲的口袋裡。麻煩的是，老師絕不找零，他說，「多出的錢就當作下個月的學費吧！」可是有時下一週，他又說他想買書需要錢，催促著我繳學費。

老師是愛爾蘭人，說話的口音實在難以聽懂。要是略微性急時，好似東京人與薩摩人[21]爭吵時，更加難懂。偏偏他又是個非常輕率且異常性急的人，若遇到事情棘手時，我只能聽天由命，淨是呆望著老師。

那張臉又非比尋常。既然是西方人，有著高挺的鼻子，卻又有個凹陷落差

21現今的九州地區。

處，鼻肉也顯得過於豐厚。這些特徵倒是與我頗相似，不過乍見那鼻子時又絲毫引不起我的好感。而且鼻孔裡雜毛叢生，頗有粗野之貌。鬍鬚等的黑毛白毛交雜，又頗令人生憐。若是在此之前，在貝克街遇見了老師，我恐怕會以為他是忘了帶馬鞭的車伕吧。

我從未見過老師穿著白色襯衫或白領的衣物。他總是穿著條紋的法蘭絨襯衫，腳套著毛茸茸的室內鞋，然後伸出腳彷彿要伸進暖爐似的，也不時敲敲他短小的膝蓋——那時我才留意到，老師那隻不情願的手上戴著金戒指。——有時也不敲打，而是磨擦著大腿，一邊教課。但究竟教我什麼，我也不清楚。要是問他問題，老師就把話題轉到他喜歡的地方去，而且絕不回到主題上。那個他喜歡的話題之處，總是隨著時節不同或天氣狀況而不斷變化。甚至有時，昨天與今天之間就能遷移到兩極之遠。說難聽些，則是又在胡扯瞎說；說好聽些，則是為我示範文學的座談。如今回想起來，一次七先令左右的學費，怎能聽聞到像樣正規的授課呢，至少對老師是理所當然的事，反倒是覺得不公平的我顯得愚昧。不過老師的腦袋也如同他的鬍鬚，似乎有些雜亂的傾向，因此，不許他調高學費，教授那些高深的課程，也許更好些。

老師最擅長的是詩。每回他讀詩時，從臉到肩頭都如火焰閃動著。——絕不是誇張，是真的震動。相對的，他並不是讀給我聽，說到底是他一人讀得自得其樂，換言之，反倒是我的損失。有一回我帶了斯溫伯恩[22]的《羅莎蒙德》[23]，老師說讓他瞧瞧，他朗讀了二、三行，突然把書反扣在膝蓋上，刻意挪開鼻上的眼鏡，歎息說道，「啊，不行啊不行，斯溫伯恩也像他寫的詩一樣，蒼老不堪。」也就在那個時候，我開始想讀斯溫伯恩的傑作《阿塔蘭忒在卡呂冬》[24]。

老師似乎把我當作孩子。他總是針對愚不可耐的事頻頻問我，「你知道這件事了嗎？」「你弄懂那件事了嗎？」就在我這麼想著時，他突然又丟出艱澀深刻的問題，瞬間又轉而把我當作同輩對待。曾有一回，他在我面前朗讀威廉華生[25]的詩，然後問我，「有人說他的詩與雪萊[26]的很像，也有人說完全不一

22 Algernon Charles Swinburne，英國詩人、評論家。
23 *Rosamund, Queen Of The Lombards*。阿爾加儂．斯溫伯恩創作的悲劇詩歌。
24 *Atalanta in Calydon*。阿爾加儂．斯溫伯恩創作的英語希臘悲劇詩歌。
25 Sir William Watson，威廉．華生，英國詩人。
26 Percy Bysshe Shelley，雪萊，是一位知名的英國浪漫主義詩人。

樣，那你認為呢？」對我來說，西洋的詩必須先以眼讀過，而後再以耳聽過，否則根本不懂。於是，我只得敷衍回話，如今我都已忘了自己說是像雪萊？還是不像？可笑的是，老師那時照例敲打膝蓋回以，「我也是這麼認為啊！」讓我不勝惶恐。

有時他會把頭探出窗外，一邊俯視遙遠底下忙碌穿梭的人們，一邊說道，「你說啊，那麼多來往的人們，懂詩的，一百人中恐怕沒有一人啊，可悲啊，終究英國人是不懂詩的民族啊。關於這個部分，愛爾蘭人可了不起了，非常優秀。——事實上我必須說，得以品味詩的你或我是幸福的。」老師把我納入懂詩的一份子，的確讓我甚為感激，然而即使如此，他對我還是格外冷淡，我只好當他是個機械性嘮叨的老人罷了。

不過，也曾發生那樣的事。那時我對寄宿處十分厭煩，心想是否可以借住老師的處所。那天例行的課程結束後，我試著提出請求，老師隨即又敲打膝蓋，說道，「這樣啊，我帶你來看看我的屋子吧，跟我來吧！」我們去到飯廳，去到女傭房，他領我一一看過。這房子既是四樓後方的一角，當然也不寬敞，兩三分鐘之後已無可看之處。此時，老師又回到他原本的座位，我想他會以「你看，這個家就是這樣，實在無處可以收容你」的理由拒絕我，但他突然開始說起華特．惠特曼[27]，提到惠特曼曾短暫住在他家——他的語速很快，我實在聽不懂，總之大概是說惠特曼來過這裡——，說他起初讀那個人的詩時，覺得簡直不成詩，讀過好幾遍終於漸漸覺得有趣，最後竟非常喜愛。因此……

學生請託之事，彷彿被他拋到九霄雲外。我只能任由他的話題，一邊附和一邊聽著。那時似乎說到雪萊與誰吵架的話題上，他抗議地說道，「吵架不好啊，兩人都是我喜歡的人，我喜歡的兩個人竟然吵架，就更不好了。」不論他如何抗議抱怨，畢竟是幾十年前的事了，又能如何呢。

老師是個馬虎的人，常亂放置自己的書籍等物品，徧尋不到後就會焦躁不安，然後宛如家裡失火似的，以誇張的聲音呼喊在廚房的老女傭。結果，老女傭照例擺出誇張的神情，來到客廳。

「喂，我的華茲華斯[28]擺到哪去了。」

---

27 Walt Whitman，華特．惠特曼，美國詩人、散文家、新聞工作者及人文主義者。

28 William Wordsworth，威廉．華茲華斯，華茲華斯是英國浪漫主義詩人。此處是用華茲華斯之名代稱著作。

老女傭依舊睜大那雙驚愕的眼睛，先環顧書架，但無論如何驚愕，她終究確實能幹，隨即找出了華茲華斯，然後說句，「在這裡！」像是略帶責備似地遞到老師面前。老師猶如搶奪似地取下書，接著兩指敲打著充滿污漬的書皮，向我談論起，「你啊，華茲華斯啊……」老女傭露出益發驚愕的眼神，退回了廚房。老師連續兩三分鐘敲打著華茲華斯，卻始終沒有翻開好不容易尋找到的華茲華斯。

老師時而也寄信來。然而他寫的字，實在難以閱讀。雖然不過兩三行，反覆讀上幾遍也是需要時間的，可是最後總不能確定寫些什麼。後來我斷定老師給我寄信，多半是因為有事不能上課，也省去讀信的工夫了。若偶爾寄來的信，是由老女傭代筆，那時就能讀懂。看來，老師還雇了個好用的書記。老師曾向我嘆息抱怨，「我的字實在寫得太糟了，你寫的字還比我漂亮呢！」

我不由得擔心，那樣的字所寫的原稿，會變成何等模樣。老師是《阿登莎士比亞》[29]系列的出版者。我常想，寫出那樣的字竟也有資格變成印刷品。不

29 *The Arden Shakespeare*，《阿登莎士比亞》是威廉．莎士比亞作品的一個學術版本。

僅如此，老師還大氣不喘地寫了序文，還附上筆記。甚至，還要我讀他為《哈姆雷特》寫的那篇序文。我讀過後，告訴他很有趣，他便拜託我，「你回日本後，一定要為我推薦這本書啊！」我回國後在大學授課時，《阿登莎士比亞》系列中的《哈姆雷特》的確是讓我獲益良多的書籍。我認為，恐怕再也找不到比那本《哈姆雷特》更周詳且得要領的書了。不過在彼時，我著實未能有這番感受。然而在此之前，老師對莎士比亞的研究，也的確讓我震驚不已。

穿過客廳的拐角處，有個六張榻榻米大小的書房。坦白說，老師高築巢穴在四樓的角落，但又以這個角落中的角落，存放著對老師來說極為重要的寶物。——約十冊長一尺寬五寸的藍綠色封皮筆記本，並列在此，老師不斷的將寫在紙條上的字句，記錄在那藍綠色筆記本裡，就像守財奴存銅板似的，一生的愉悅就是一點一滴愈攢愈多。我來到這裡不久之後，隨即知道藍綠色筆記本即是莎士比亞字典的原稿。老師為了完成這本字典，不惜捨棄威爾士某大學的文學教席，據說他還日日挪出時間去到大英博物館。既然他都能不惜捨棄大學的教席了，輕忽七先令的學生也是理所當然了。老師的頭腦裡，終日終夜徘徊盤據的只有這本字典。

我曾提問，「老師，既然已有施密特[30]的《莎士比亞詞典》，又何必還要編輯這個字典呢？」結果老師露出難掩鄙視的神情，一邊說著，「你自己看看這個！」他遞出他擁有的施密特詞典。我一看，那本施密特詞典共分上下兩冊，幾乎每頁都體無完膚，被翻得發黑。我發出驚嘆聲，直望著那本詞典。老師頗為得意，他說道，「你看，如果只是要編輯一本與施密特同樣水準的詞典，我又何必如此費心。」接著他的兩根手指又開始敲打著發黑的施密特。

「您是什麼時候開始著手這件事的？」

老師起身走到對向的書架，不停地找尋著什麼，照例又發出焦躁的聲音說道，「珍！珍！我的道登[31]去哪裡了？」即使老女傭還未過來，他已急著尋問道登的所在。老女傭依舊露出驚訝的神情現身，也照例猶如責備似地說，「在這裡！」然後隨即離去。老師毫不在意老女傭的頂撞，飢餓似地打開書本說道，「嗯，就在這裡啊！道登在這裡清清楚楚列出了我的名字啊。他寫著，特別是研究莎士比亞的克雷格先生。這本書是一千八百七十……年出版的，而我

30 Alexander Schmidt，德國英語學者。

31 Edward Dowden，愛爾蘭評論家和詩人。

的研究遠比這本書還早呢……。」我徹底折服於老師的毅力，忍不住尋問，「那麼何時會完成呢？」

老師回答，「我也不知道啊，只有做到死去的那一天為止。」接著便把道登歸還原處。

之後，有段時間我不再去老師的處所。在那之前，老師曾問我，「日本的大學要不要西方人的教授啊？我如果還年輕，就會去啊。」並略微流露出世事無常的神情。那也是唯一一次，老師面露哀傷。我安慰他，「您還年輕啊，不是嘛！」

他說，「不不，也許不知何時會發生什麼事啊，畢竟我已經五十六歲了。」神情更顯陰鬱。

我回到日本約過了兩年，一本新刊的文藝雜誌刊載了克雷格先生的死訊，僅是約莫二、三行的記事中，提到他是莎士比亞的專門學者。當時我擱下了雜誌，心裡想著，那本終究沒能完成的字典，或許就此變成廢紙了吧。

（明治四十二年一月一日至三月十二日）

喜好的遺傳

一

因為時令的緣故，就連神也瘋了。來自雲裡的叫喊聲：「殺人救餓狗！」既撼動日本海且傳遍滿洲，日本人與俄國人隨即起了回應，在朔北[1]的荒野展開方圓近百里的大屠場。於是，一望無盡的平原盡頭，令人不敢直視的猛狗群，橫斷縱裂地掀起腥風，如長了四條腿的彈丸被一併射擊而出，頓時齊飛。瘋狂的神跳躍著舞蹈著，以「舐血！」作為暗號，那靈活擺動的舌頭吐出了火焰，映照著幽暗的大地，彷彿還聽見血潮洶湧翻越咽喉的聲音。

接著，神跺跺黑雲一端，咆哮著：「吃肉！」猛狗群也吼叫著：「吃肉！吃肉！」接著嘎吱嘎吱地扯食手腕，或張開血盆大口緊咬身軀，抑或是叼著一條小腿再相互左右咬扯開來。漸漸地大半肉身已被唑食殆盡，駭人的神聲音又從層層雲霧裡傳來，說著：「吃完肉，再嚼碎骨頭！」正是骨頭啊！比起食肉，犬齒更適合用來啃嚼骨頭。瘋狂的神所創造的狗，當然也具備了瘋狂的道

1意指滿洲。

具，況且是預料到今日作為而設計準備的牙齒。其中有的牙齒發出咯吱咯吱的聲音狠狠咬住骨頭，有的扭斷骨頭後吸著骨髓，有的則嚼碎了滿地。牙齒不夠銳利的，就在一旁奮力磨牙。

甚是恐怖，我照例又耽溺幻想，不知不覺來到新橋。仔細一看，車站前的廣場人山人海，大家穿過凱旋門後，自動留下約三公尺寬的道路，兩側擠滿人群，擁擠到幾乎難以插身而入的程度。這是怎麼回事？

人群中有人戴著怪裡怪氣的絲綢帽，帽子卻披掛在後腦勺宛如阿彌陀佛頂著光環似的，幸虧那對耳朵擋住帽沿才不至蒙住視線。也有人彆扭地穿著仙台平袴褲，身上的魚子紋絹織禮服也好似別人的衣服般，使勁地四顧張望。也有人明明穿的是西式大禮服卻配上白色運動鞋，還有同是白色的手套，一副「快看看我！」的模樣，真可謂奇觀。而且，也有約每隔二十個人手持一面旗子站立著，那旗子大抵是紫底色配上褪色的白色字體，其中亦可瞧見揮灑上秀麗黑墨字體的白色旗子。

我心想，只要看清楚那些旗幟，大致即能明瞭這群人為何聚集在此，於是特意讀了最靠近我的，上面寫著：「祝賀木村六之助凱旋　連雀町志願者」。

一旦察覺「啊，原來是歡迎啊」時，方才那些奇裝異服的人士不知為何頓時看來有模有樣了。而且，突然覺得自己思索戰爭是瘋狂的神惹的錯，或想像軍人赴戰場是為了讓狗填飽肚子，簡直對不起這些軍人。事實上，我正欲與人碰面，必須走到車站，在抵達車站之前，非得穿過那條左右都能瞧見人群又淨空的正中央道路。儘管周圍的人無法看穿我的幻想，然而眾人的注視集中在我一人身上，踽踽前行，實在極為不好意思。倘若讓他們知道了我把他們視為未被狗吃掉的戰士家屬，肯定震怒不已吧。想到此，我不得裝作若無其事掩飾心煩意亂，拚命快步才抵達車站的階梯上頭，實在是頗為難受。

進到車站內，只見這裡也是歡迎的人群，根本無法輕易移動到自己想去的地方。好不容易來到頭等車廂候車室，仔細一看，與我約定見面的人似乎還未到。暖爐旁，一位戴著紅帽的士官頻頻說著什麼同時，又不斷讓佩劍發出聲響。他旁邊站著兩位戴絲綢帽的男子，其中一位讓吐出的雪茄煙霧繞成了圈。對向角落裡，一位著白領上衣的年輕婦人正以旁人幾乎聽不見的低聲量，與一位品味優雅的五十歲左右的婦人竊竊私語，就在此時，一位身著條紋棉布外褂、頭上斜戴鴨舌帽的男子走了進來，焦急地向她們報告：「領不到月台票了，剪票口裡已經擠滿人。」想必她們是有頭有臉的人家吧。候車室的中央放置著一張桌子，周圍聚滿等得滿是倦容的人們，他們頻頻翻弄著報紙或雜誌，由於當真閱讀的人實在少之又少，說是翻弄倒也恰當。

約見面的人始終不來。我覺得些許無聊，遂準備到外面瞧瞧。才跨出門口，一位身著西裝蓄鬍的男子擦身而過，嘴裡邊嚷著：「快兩點四十五分了！」一看手錶，二時三十分，再過十五分鐘就能看到凱旋的將士。機會難得，若說是剛好順便，也許失敬，不過事實上像我這般不太吸聞圖書館以外空氣的人，根本不可能為了歡迎專程來到新橋。既是碰巧，遂決定去瞧瞧。

走到室外一看，站內也排列出如街上的隊伍，其中還交雜著刻意前來觀看的外國人。既然連外國人都來了，作為帝國子民的我們豈有不入列歡迎的道理，在義務上也該去喊聲萬歲吧，於是我好不容易擠進了隊伍中。

「您也是來歡迎親人的啊……。」

「嗯，因為實在太焦急了，連午飯都沒吃就來了，……已經等了快兩個半小時啊。」說話的人雖餓著肚子，倒精神抖擻。

一個三十歲左右的婦人走了過來，擔心似地問道，「每個凱旋的士兵，都會從這裡經過吧？」儘管她未明說萬一漏看心愛的人可是大事一樁，但一切也已溢於言表了。

餓肚子的男子立刻回答：「是啊，大家都會經過，一個也不會少，只要在這裡站個二、三個小時，準沒錯。」他一副自信滿滿的模樣，卻不提自己連午飯都沒吃就等著的事。

法國的小說家曾形容火車的鳴笛聲像是患了喘哮的鯨魚，才想著那真是多麼貼切的描述，隨即如長蛇蜿蜒到站的列車，一口氣在月台上吐出五百多名的戰士健兒。

「好像到了啊！」一個人伸長脖子說著。

「哎呀，那麼只要站在這裡，準沒問題的。」餓肚男依舊泰然，不動聲色。對他來說，恐怕到了也好，還未到也好，都無所謂，倒是餓著肚子反而讓人沉住氣了。

終於，一、兩百公尺外的月台上傳來「萬歲！」的聲音，如波動循序靠近過來。

方才那個男子的那句「哎呀，準沒問題……」語尾還未說出口，隨即被我周圍人們一同喊出的「萬歲」淹沒。就在那聲響欲斷又未能斷落之際，一位將軍[2]行以舉手禮，從我面前經過。他是個膚色焦黑、蓄著斑白鬍鬚且身材矮小的男子。左右兩旁的人群目送著將軍的背影，又再度呼喊萬歲。我也——說也奇怪，其實打從出生以來直到今日，我從未呼喊過萬歲。我不記得誰命令我不准呼喊萬歲。當然，也無任何主義宣稱呼喊萬歲是壞事。不過，要我當場大聲喊出萬歲，這種事我還是萬萬不行。像是小石頭塞住了氣管，萬歲來到聲門卻怎麼也動彈不了，無論如何亢奮依舊不能發出聲來。——然而，方才我決定今天一定要喊叫出來的。其實我早做好準備，只等待著時機盡快到來。儘管我不是站在隔壁的那位先生，卻自以為已有「哎呀，準沒問題」的安心篤定。打從像患了氣喘的鯨魚吼叫時開始，我就做好「來吧」的決心，心想只要旁邊的人一喊「萬」，我立刻跟在屁股後頭喊，事實上聲音都來到舌根了。就在快喊出之際，將軍經過了。我看見了將軍那被日曬焦黑的膚色。我看見了將軍斑白的鬍鬚。那瞬間，就要喊出的萬歲乍然中止。為什麼？

2據說是乃木希典，而森鷗外也在此隊伍中。

我不知道為什麼，但論就為什麼也罷，或說是因為如何也罷，只不過是事過境遷，頭腦恢復冷靜後回想當時，解析後得到的結論罷了。我若能知道為什麼，打從一開始就能提防自己把「萬歲」縮回去。倘若人能判別出無法預期的瞬間意念，想必人類的歷史即能太平無事了。不得不說我的萬歲，超然中止於我的支配權以外。中止了萬歲同時，我胸口湧起無以名狀的波動，兩眼流下約兩滴淚水。

也許將軍是個天生膚色黝黑的男子。不過，任誰受了遼東之風的吹襲，奉天的雨沖刷，沙河的日曬，幾乎都會變黑吧。膚色原已黝黑，只是更加黑了。就連鬍子亦是如此。出征後，恐怕又更增添了幾根白髮。今日初次見到他的我們，實在無憑也無據比較過去的將軍與現在的將軍。可是，他那數算日子、日夜漫漫等待的夫人與千金，想必見著了要驚訝不已吧。因為戰爭若不殺死人，也會催人衰老憔悴。將軍非常削瘦，也許是辛苦勞頓吧。如此說來，將軍全身上下，與出征前不變的恐怕只剩身高了吧。如我這般坐臥書卷青燈的隱居者，除了書房以外，即使不知天下發生何事卻依然心安。關於這場戰爭之事，我不是不讀報，也不是沒有帶著詩意想像其狀況。但是，想像僅是想像，無論橫看或縱看那報紙，也不過是張紙罷了。因此，縱使戰爭持續不斷，我依然感覺不到戰爭的氛圍。如此悠哉之人，突然混入車站的人潮，而首先印入我眼簾的竟是被太陽曬得焦黑的臉龐與染上白霜的鬍鬚。儘管不能親眼目睹戰爭當下，但戰爭的結果——的確也是結果的片羽，而且當這活動結果的片羽掠過眼底之際，受到這片羽的吸引，我不由得在腦海裡歷歷描繪遍布於滿洲曠野的大戰光景。

然而，應該被視為戰爭陰影的這片羽，其周圍圍繞的盡是「萬歲」的歡呼聲。而這聲音，正是響遍滿洲曠野的吶喊突擊之回音。「萬歲」的意義，一如字面就是萬歲，至於吶喊突擊則大大不同。吶喊突擊僅是「哇」的一聲，不似「萬歲」，是不帶有任何含義的。但是，也因為不具含義，才籠罩著非常之深的情緒。人的聲音有尖銳的、有混濁的、有清澈的、有粗壯的、各色各樣，就連措詞語調也是形形色色，到達難以分類的程度，一天二十四小時之中人們約二十三小時五十分鐘使用的都是帶有含義的詞彙。穿衣之事、吃飯之事、談判之事、攻守之事、寒暄之事、閒聊之事，舉凡事件與物件皆可言說。論到底，若無事件也無說的必要了。循著這個道理下去，明明無事件卻發出了不明含義的聲音，則是不尋常。就算發出了聲音，卻是無用的聲音，無論就經濟主義來說或就功利主義來說，皆是不符合成本效應。除非發生了萬不得已的事，才會粗魯地讓這個不符合成本效應的聲音讓人聽見，平白無故牽動了他人無辜的耳鼓膜。吶喊突擊，是將這個萬不得已煎熬、燉煮，再塞入罐頭後的聲音。是站立在不知是生或是死、不知在人世或在地獄的岌岌可危之鐵絲上，身體顫抖到自然而然從橫膈膜深處湧出的真誠聲音。叫喊著「救命啊」時理應是發自真誠的，叫喊著「殺呀」時也未必不帶真誠。不過，愈能傳遞出含義，真誠的程度也愈低，而愈是能從容分辨使用得以傳遞出含義的詞彙，也意味著愈不能來到一心不亂的最高境界。吶喊突擊之中，即不帶有那樣人性的分子，因為只是「哇」。這個「哇」既無冒犯也未經深思熟慮，既無理也無非，既無欺詐也無攻守，就是徹頭徹尾的「哇」。凝聚的精神瞬間破裂，震盪了上下周圍的空氣，然後發出了「哇」的聲音。它未具有「萬歲」「救命啊」「殺呀」那樣狹隘的含義。「哇」本身即是精神，即是靈，即是人，即是真誠。不過，我以為如此人世間崇高的感知，必須豎耳傾聽到這份真誠之後，才得以開始享受得到。豎耳傾聽後，瞬間聽到數十人、數百人、數千數萬人的真誠時，那種崇高的感知才開始進入無上絕大的玄境。——我見到將軍時流下的蒼涼之淚，恐怕就是進入此玄境的反應吧。

跟隨在將軍之後，是兩、三位身穿橄欖綠色新式軍服的士官，他們貌似擔任迎接的任務，其神情與將軍截然不同。我幼時即聽聞過「孟子曰：『居移氣』」，沒想到戰爭歸來的人與居住在內地的人果然神色不一樣，不禁感慨更深。於是伸長身子恨不得再看一回將軍的臉龐，卻是徒然。聚集在場外的數萬市民拚命發出歡呼聲，那聲響幾乎可以震碎車站的玻璃窗了。原本位在我左右前後的人們逐漸脫離隊伍，朝入口的方向湧去。他們想看見的，似乎與我同樣。我也隨著黑壓壓的人潮前進，來到約二、三公尺遠的階梯處，卻再也寸步難行。依我的個性，每遇到這類場合總是擠不過別人。當曲終人散離開劇場時，當與人碰面搭電車時，當在擁擠人群中買車票時，每遇人人爭先恐後的場面，大抵我都是那個被落在最後的。此刻也毫無例外、無虞地脫離了人潮，而且還不是普通程度的脫隊。遙遙落人之後，總會不安。這時若沒領到喪禮的紅豆飯，還不至於在意，但錯失了決定帝國命運的活動片羽，可就遺憾。所以，我無論如何都想看到。包圍廣場的萬歲聲，此刻猶如大浪拍打岸邊的氣勢從四面八方而來，響徹我的耳鼓膜。而我再也按耐不住，非得看到不可。

頓時想起一事。去年春天我經過麻布的猿町時，從圍著高聳磚牆的廣大宅邸內傳來像是好幾個人聚在一起嬉戲的笑聲。當時我不知基於何種心態，突然好想窺看一下那宅邸內。肯定是那心態的錯，若不是那心態，我又何以興起那愚蠢的想法。姑且先不論緣由，因為想看就是想看，就算知道緣由為何，也起不了改變。不過現實的狀況就是，在高聳的圍牆內有人笑著，除非牆上立刻有個洞，否則任誰再有社交手腕終究無法滿足想望。既然依據周圍的狀況，等於宣告無法如願看到，但愈是如此卻愈想看。說來有些愚蠢，我竟下定決心，發誓若不能看一眼裡面的狀況，絕不離開了。但是，不乞求邀請即擅自闖入人家的宅邸，根本是強盜行為。話雖如此，我又不喜歡乞求邀請再入內。在既不打擾這宅邸內的人們，也不損及我人格之情況下，若不能堂堂正正看上一眼，我心裡實在不痛快啊。既然如此，只能從高山上俯視，或是從氣球上眺望，否則別無他法。可是，這兩者都稱不上是足以應付當下的簡便方法。好吧，既然這樣，好歹我也有了心理準備。或許可以運用高中時代學習的跳高技巧，在跳高時稍微看上一眼。我心想，果然是妙計啊。幸好無人經過，縱使有人經過，我自己跳自己的，也無他人說三道四的道理。跳就跳吧，我的雙腳猛然用盡氣力往上一跳。熟練的結果果然是可怕的，脖子往那圍牆上去——別說脖子了，就連肩膀也如願上去了。一想到一旦錯過這個機會，終究無法達到目的，所以我強迫發花的雙眼聚精會神，瞥見了四名女子正在打網球。她們四人像是說好似的，異口同聲對跳高上去的我發出了「哈哈哈」激烈且高亢的笑聲。就在我覺得不可思議時，咚的一聲，又像方才那樣站立在地面上了。

任誰聽說此事都會覺得滑稽，就連冒險主角的本人我也覺得太蠢，所以至今未與任何人說過，只是自覺滑稽。不過，滑稽與否、正經與否，隨著對象與場合也會產生變化，因此若說跳高本身滑稽，根本是毫無依據的說詞。而我往女子們打網球的地方跳高一看，就是滑稽，但羅密歐為了見茱麗葉而跳高卻不是滑稽。若有人說，羅密歐這等程度還是脫離不了滑稽，那我就不得不再進一步說下去。為了拜見這位凱旋的將軍、英名赫赫的偉人而跳高，就不是滑稽了吧。還是滑稽嗎？就算是滑稽，我也不在乎，既然想看，任誰說什麼還是想看。跳就跳吧，再也沒有比跳高更好的辦法了，我決定依循先例試試一蹴跳高。首先得先摘下帽子，夾在腋下。我還記得，之前由於經驗不足，腳在重力作用著地的順勢下，導致頭上剛買的紳士帽不由分說地翻了跟斗，滾到約莫兩公尺外。拉著空車的車伕經過時順道撿了起來，邊笑邊遞了過來。這回可不能敗在那事上了，我一邊確實壓住帽子，一邊試試腳尖彈跳鋪石地面的感覺，好暗自調整姿勢。幸而我落人之後，身旁也無挨近得幾乎造成阻礙的人們。然而哀嘆聲、歡呼聲猶如捲起的潮水拍打著岩石，不時從那一側湧了過來。我斷然決定就是此刻了，用盡腳力往上一跳，甚至懷疑自己的兩腳都要跳進身體裡了。

一輛敞著車棚的四輪馬車正準備穿過凱旋門——在那裡——就在那裡。那張黝黑的臉龐被喧囂的聲音包圍，在繁花雜沓的群眾中宛如過往的榮光被點亮了。我看見迎接將軍的儀仗隊馬匹受到萬歲聲的驚嚇，高舉起的前腳企圖遠離人群。我看見將軍的馬車上一面紫色旗幟颯颯飄揚。我看見往新橋方向轉角處的那棟旅社，一位穿著淡紫色和服的女人站在三樓窗戶前，揮舞著白色手帕。

比起意識到「我看見了」，我的雙腳更快著地在車站的地面上。所有的一切，都是瞬間的作用。如同閃耀的閃電，在電光消失前照亮了事物後，一切頓時陷入比往常更甚的幽暗，我也茫然地降回了地面。

將軍離去後，群眾也各自散亂，不似方才那般肅靜。原本成列的人群散去一角，密麻的黑山起了一陣騷動，濃暗處逐漸變淡。較性急的人，看來已準備退場。此刻，與將軍一同下車的士兵，三五成群結隊準備走出車站。軍服底色已褪，黃色毛織布取代了皮革的腳絆，層層纏繞在小腿上。每個都蓄著漫漫生長的鬍鬚，極盡所能地膚色黝黑。這些也是戰爭的片羽。是堅固鑄造了大和魂的製品。既不需要企業家，也不需要新聞記者，也不需要藝妓，當然也不需要像我這樣成天盯著書本的人。只是不能沒有了這些蒼茫的鬍鬚，僅有這個與骯髒的乞丐相去不遠的紀念物才得以如償所願，他們不僅代表日本的精神，也是一般人類之精神代表。人類精神是無法以算盤盤算，無法以三味線彈奏，無法書寫達三頁，無法從百科全書中尋找到。只是這些士兵們的膚色黝黑，落魄得僅有鬍鬚搖曳著。然而出世的釋迦也不需要塗抹髮油，不需要穿戴金戒指，僅披著一件像是從垃圾堆裡撿到的抹布拼接縫合的外褂。那些尤不足遮蔽全身，所以胸口任憑北風吹颳，直到肋骨歷歷可見。若釋迦值得尊敬，不得不說這些士兵也是可敬的。從前元寇之役，時宗[3]拜見佛光國師之際，國師說了什麼？

3北条時宗。

他只吼著「威武地朝墓地前進吧！」這些骯髒的士兵們理所當然未曾遭到佛光國師的熾熱訓斥，卻依然朝墓地前進，基於這般的禪機，可謂與時宗一古一今如出一轍。他們已前進過墓地，是從遙遠之地歸來的英靈漢子。行於天上，行於天下，行於無窮無止境，此氣魄若不值得吾人尊敬，八方之中已絲毫無值得尊敬的。黝黑的臉龐！其中還有人黑到令人懷疑國籍究竟是不是日本的。——未修刮的鬍鬚！好似棕櫚掃帚在砧板捶打過的鬍鬚——這氣魄磅礴且蟠伏沆瀣地瀰漫在此。

每出現一隊士兵，大家就歡呼萬歲。那些士兵依舊是那張黝黑的臉龐，然有人綻放著笑容歡喜而過，也有人目不斜視地溫吞走去，或也有人面露「歡迎又能如何」的疑惑神情，當然也有人站在歡迎自己的旗幟下洋洋得意看著後方同伴。其中也有人才剛下階梯即被歡迎者簇擁，由於太過突然，連打招呼都忘了，見著誰都施以握手之禮。莫非是出征時在滿洲學會的禮儀？

其中，——這也意外成為我寫下這個故事的動機——有位年約二十八、九歲的中士。他的臉龐與其他長官無異，膚色黝黑，鬍鬚也蔓蕪亂長，恐怕是從去年就開始蓄著，然而他的五官卻比其他那些人更顯俊秀。而且，與我的亡友浩一相像到讓人誤以為他們是兄弟。事實上，這個男子獨自走下階梯時，我訝異得幾乎準備奔上前去。但是，浩一不是下士官，是志願兵的步兵中尉。況且，如今這個故步兵中尉在白山的寂光院已一年多了。因此，再怎麼希望是浩一也無法。只不過人性是微妙的，我竟想著若這個中士代替浩一戰死在旅順，浩一取代了這位中士平安無事歸來，該有多好啊。浩一的母親肯定非常高興吧。幸好這些想法不會被察覺，我才得以一邊任意想像一邊望著。下士看來似乎意猶未盡地頻頻環顧周圍，但也不像其他人快步朝新橋方向走去，像在尋找什麼。莫非他不是東京本地人，所以摸不清頭緒，若是這樣，我還真想過去指引他，於是眼睛更是盯著他看。結果一位約莫六十歲的老婦人，不知從何處鑽了出來，飛奔過去，整個人突然像是懸掛在下士的衣袖下。由於下士的體型適中，身高比一般人高了約莫兩寸。相反的，老婦人卻比一般人矮小，加上年邁，略微彎腰駝背，因此那模樣實在難以形容究竟是抱著還是倚著。若要我傾盡腦海中的日漢字詞，然後從中尋找到最適切描述那模樣的詞彙，肯定是「懸掛」了。此時，下士宛如找到遺失物品似的，由上俯視著老婦人。老婦人也像找到迷路的孩子，由下仰望著下士。終於下士邁出了步伐，老婦人也走了起來，但還是懸掛著。站在旁邊圍觀的人們的萬歲聲充斥，但老婦人好似對萬歲充耳不聞，就那樣懸掛著，由下仰望著下士的臉龐，任憑自己的孩子牽引著走去。他們腳下的草鞋與打了鞋釘的軍靴交錯、糾纏、蜿蜒地朝新橋方向遠去。我想起浩一，悵然地目送草鞋與軍靴的背影。

二

浩一！浩一在去年十一月戰死於旅順。

二十六日，聽說那是個吹著強風的日子。在颶風吹掃遼東的荒野，彷彿欲將幽暗的太陽吹落大海之際，松樹山的突擊一如預計中執行。時間是午後一時。為了掩護，我方的大砲擊中了敵方堡壘的左凸角，揚起約莫五丈高的砂煙，見到此暗號，好幾百名士兵從壕溝飛奔而出。猶如蟻穴被踢翻似的，他們四散攀登前方的斜坡。放眼望去，山腹處佈滿了敵方鋪設的鐵絲網，毫無容足餘地。大家扛著梯子，背著沙袋，各自想辦法通過。工兵開闢出的那條不到三公尺的道路，被搶先者佔去，隨後是簇擁而來的人群，如波潮打來。從這裡眺望而去，宛若一脈幽黑的河川劈山流過。敵方的砲彈毫不留情落在那道幽黑中，揚起的濃烈煙霧，令人以為一切都被消失吞沒了。憤怒的颶風蠻橫撕碎了濃煙，一攫往遙遠的天際而去。在這樣的環境中，一個黑色的東西在蠕動著，那個蠕動的就是浩一。

浩一是一個留著黑鬍子的好男人，跟他常在火光裡聊天。每當浩一興致勃勃地聊起天，總會讓對方腦中除了浩一，別無其他，今天的事忘了，明天的事也忘了，就連聽得恍神的自己也忘了，僅有浩一了。浩一就是這麼偉大的男子。我一直認為，無論去到哪裡，只要端出浩一準沒問題，肯定引人矚目。因此，我實在不想把「蠕動」這樣下等的動詞用在浩一身上。可是無可奈何，他現在就是蠕動著。猶如被鐵鍬尖掘亂的蟻窩中一隻螞蟻，蠕動著。猶如被淋了一勺水的小蜘蛛，蠕動著。無論任何人，只要陷入如此境地，也是無能為力。巨大的山巒，遼闊的天空，一馳千里的勁風，包圍四面八方的煙霧，從鋼鐵製的咽喉怒吼飛出的彈丸——再如何偉大的人面對這一切，也不再偉大了。只如裝滿麻袋的大豆裡的一顆，無具意義。啊，浩一！你究竟在那裡做什麼啊！快變回平時的浩一，好讓俄國鬼子嚇得魂飛魄散！

每回槍林彈雨，黑霧霧的人群瞬間消失。以為消失了，又在吹散的煙霧中動了起來。在忽而消失忽而動著之際，人群宛若蛇爬牆，從頭至尾波動著，而且整體一致地漸漸往上、再往上攀登而去，已臨敵方堡壘。浩一必須率先衝鋒陷陣。從煙霧的縫隙間，看見黑壓壓的頭頂上飄揚著好似旗幟的東西。或許是風勢強勁，也或許是遭到推擠，方才以為站得挺直的他又倒下。以為他已墜落了，結果又爬上更高的地方。接著，又歪斜地撲倒在地。是浩一，是浩一，肯定是浩一了。許多人聚集在一起，擁擠騷動，若其中有一人特別引人矚目的，那鐵定是浩一了。自己的妻子是天下第一美女，但出席宴會時卻又與鄰座的太太毫無差別，也不引人矚目，不是叫人抱不平嗎？自己的孩子在自己家裡盛氣跋扈，像是天地間唯一無二的小少爺。這個小少爺穿著制服去到學校，與對面雜貨日用品店的小伙子排排坐，而且兩人看來毫無落差分別，可不叫人感到氣餒嗎？我的浩一之於我，也是如此。無論把浩一擺到哪裡，如果不像是平時的浩一，我也一樣忿忿不平。與大夥一同，如放在缽裡攪和的芋薯，紛然雜亂地滾來滾去，那樣的浩一根本不像浩一。因此，什麼都不要緊，就算搖旗也好，舉劍也好，總之在這一片混亂中，至少得讓浩一做些引人矚目的事。也不限於想像的階段，當然非得浩一不可。肯定是出了什麼差錯，怎麼都不能料想浩一竟庸庸碌碌地做些不露頭角的膚淺之事。——正因為如此，那個旗手必然是浩一。

那個黑壓壓的群塊來到敵方堡壘下方，以為就要攀上堡壘，突然長蛇的頭斷了兩、三寸，消失不見了。真是不可思議。又不似被彈丸擊斃，也不像為了躲避狙擊而趴在地上。到底怎麼回事？接著，已斷頭的部分又消失了兩、三寸。多麼神奇詭異的事啊，再一看，原本依序從下方一同往上擠去的夥伴們，也瞬間消失不見了。而且，已無人攀附在堡壁上。是戰壕！敵方的堡壘與我方之間還有這個障礙物，若不能越過這個障礙物，任神也難以靠近敵方。他們努力地攀登已剪開鐵絲網的陡坡，最後來到戰壕一端，而且，二話不說地跳入深邃的壕溝裡。扛來的梯子是為了攀附在戰壕壁上，揹來的沙包是為了填埋戰壕。究竟要填埋到何程度，沒有人知道。打從最前面開始依序跳了進去，消失了，又跳了進去，又消失了，終於輪到浩一。接著就是浩一了，非得振作不可。

那高高舉起的旗幟隨風飄揚，在遭到足以被吹得寸斷散飛的強風後，眼看旗桿就要傾倒折斷之際，浩一的身影突然不見。他還是跳了進去！就在那個時候，從二龍山方向發射出五、六發的大砲，瞬間劈裂呼嘯天際的狂風，甚至一度擊中山腰，轟隆巨響幾乎把整座山吹掀了起來。紛飛的砂煙塵霧，甚至籠罩住寂寞初冬的陰暗處，封印結束了眼前所能望見的一切。不知浩一怎麼了，實在令人擔心得不得了。他大概在那陣煙霧底下，只能專心守看著。那團密布重疊的混濁，像是從遠處觀望夏季午後的傾盆大雨，以為強風可以吹散，卻依然滯凝不恆動。折騰了約莫兩分鐘的時間，但就算怎麼揉擦雙眼，還是如同瞎了般。不過，若是這煙霧散了——如果這煙霧散盡，肯定就能看見，一定能看見浩一的旗幟在壕溝那一側，迎著陽光，散發出燦爛。不，他必定攀爬到那側看來最高的石礫堆上。其他人就另當別論，既是浩一，這等事他肯定辦得到。煙霧快散去吧，但為何始終不散呢？

佔領了！朦朧中可看見敵方堡壘右端的突出處，也可看見中央厚實築高的石壁。但是，仍不見人影。奇怪，此時旗幟應該在那裡飄揚啊，到底怎麼回事？那麼，他應是在石壁下的土牆內吧。煙霧猶如被擦拭過，由上而下漸漸散去。但是，到處仍不見浩一。這可不行。方才宛如田螺蠕動的其他夥伴們，也到處不見蹤影。益發不對勁了。就快出來了吧，五秒過去，還是不見人影，又十秒過去。五秒變成了十秒，十秒又二十，接著三十，依舊沒有人從戰壕往那邊爬去。當然沒有人，因為跳入戰壕的人不是為了去到對面而跳進去的，是為了死而跳入的。一旦他們的腳落到壕溝底，炮窖上已瞄準掃射的機關槍隨即發出像是拿著木杖奔跑在竹籬笆旁的聲音，瞬間射死他們。被殺死的，理所當然不能爬起來了。他們如同壓上石頭的醃蘿蔔，層層交疊橫躺橫倒在誰也看不見的坑內，若誰指望那些橫躺者往上爬，誰就是強人所難。然而那些橫倒的人何嘗不想往上爬，他們想往上爬才會跳進壕溝啊。如今就算多麼想往上爬，手腳也使不上力，爬不上去了。眼前已一片昏暗，爬不上去了。身體都開了個洞，爬不上去了。即使血液不再流通，腦漿四散，肩膀斷裂，身體堅硬得猶如木棒，還是無法爬上去了。縱使二龍山發射砲彈的煙霧散盡後，也不能爬上去了。縱使冰冷的太陽落到旅順的海那邊，寒冷的霜落在旅順山上，也不能爬上去了。縱使斯特塞爾[4]開了城門，二十個砲堡歸還日本，依然不能爬上去。縱

4日俄戰爭的旅順戰役時，與乃木希典對戰的俄國將領。

使百年三萬六千日，迎來乾坤一擲，仍然不能爬上去了。這即是跳入這戰壕的人的命運，同時，也是浩一的命運。那些如同田螺蠢蠢蠕動的人們突然跳進那無底的坑裡，即從世間的表面消逝在幽暗裡。搖旗與否，引人矚目與否，誰都毫無區別了，明明直到浩一搖旗前一切都好好的，但聽說，他在那壕溝底與其他士兵無異，都變得冰冷，死去了

斯特塞爾投降了，達成和平條約，將軍凱旋，士兵受到歡迎。但是，浩一還未從坑裡爬起來。我偶然來到新橋，看到膚色黝黑的將軍，看到膚色黝黑的中士，看到中士那矮小的母親，我甚至都流淚了，感覺到痛快。同時，我也想著阿浩為何未能從壕溝爬回來？浩一也有母親啊。她不似這位中士的母親那般矮小，也不曾穿過草鞋，不過如果阿浩可以平安從戰場歸來，他的母親去到新橋迎接他的話，也許會像那個老婦人那樣懸掛在浩一上。而浩一也會站在月台上，一副焦急不安的模樣等著他母親從人群中走了出來。如此想像著，不禁覺得比起無法從坑裡爬出來的阿浩，更可憐的是他那承受世間人情冷暖的母親。當初不顧一切直到躍進戰壕，一旦躍進去就一切結束了。世間的天氣是晴也好，是陰也好，已無執念。但是，被留下的母親可不能如此。下起雨，躲在家

裡就想起浩一。天晴了，走出家門又遇到浩一的朋友。看到大家拿出國旗歡迎凱旋，不禁埋怨如果那個人還活著的話。去到錢湯，某個與他年紀相仿的女孩幫忙汲水，又想起從前，如果他娶了那樣的妻子的話。如此這般活著，其實是痛苦的。如果子嗣眾多倒也好，縱使走了一個，還有其他孩子能慰藉。但是，這樣一母一子的家庭，缺了一半，就如同從中間斷裂的葫蘆，不再完整。她雖不是中士的老媽媽，但到老已無能懸掛倚靠的對象了。浩一的母親恨不得浩一現在就回來，她日日夜夜曲著滿是皺紋的手指數算，焦急地等待著可以懸掛依靠的日子到來。而那個可以懸掛依靠的當事人，拿著旗子不顧一切跳進戰壕裡，至今都未能爬上來。將軍也許添增了白髮，畢竟他還是在歡呼聲中歸來了。軍曹就算膚色變黑了，畢竟還能得意洋洋跳到月台上。白髮也好，曬得皮膚黝黑也好，只要回來，就能成為懸掛的倚靠。就算繃帶纏掛著右手臂，就算左腳變成義肢，只要歸來，也無所謂了。就算說了這樣也無所謂，浩一依然還是未從坑裡爬上來。既然他爬不上來，除非他母親追在後頭，也往坑裡跳，似乎別無他法了。

幸好我今天有空，或是去到阿浩家，安慰久違不見的他母親？去安慰倒還好，只是去到那裡，每回他母親總是哭得我不知如何是好。前陣子去時，她對著我哭了大概一個半小時，落得最後只能不停嘘寒問暖，簡直不知如何以對。那時她母親總頻頻說：「若至少有個性格溫柔的媳婦，這個時候總還有個依靠。」弄得我非常困擾。好不容易告一段落，準備告辭之際，他母親又說：「有個東西，務必請你看看！」我問：「是什麼？」他母親說：「是浩一的日記！」原來是亡友的日記，想必內容很有趣吧。所謂的日記，不僅記載每日每日發生的事，還會毫無顧忌地傾吐時時刻刻的心境，因此即使是摯友的筆記，就算無人阻止，也無道理想看就看了，不過既然他母親允諾——不，既然是對方拜託我看，當然我也很有興趣。因此，他母親要我一讀時，我心裡的確期盼，原本打算答應下來，但想到這日記恐怕又要惹她哭泣，那可不得了。依我的本領，到底還是脫不了身。尤其我與人相約碰面的時間已迫在眉梢，所以推託改日再登門拜讀，最後不好容易逃出脫身。基於以上的理由，對於登門拜訪之事，能逃則逃。對於日記，我並非不想讀，就算惹得他母親哭泣，若是稍微的程度倒說不上厭煩。畢竟我不是木石，是那種對於他人之不幸還能顯露出一絲同情的人，奈何天性口拙總是詞窮。他母親說：「哎呀，你聽我說啊！」然後就開始啜泣時，我實在不知該如何是好。若是硬撐著配合，不僅讓好不容易的慰藉好意化為泡沫，時而還出現意想不到的結果，簡直把事搞成了沸騰的熱水。所以究竟去是為了安慰？還是惹怒？想必對方也難以理解吧，乾脆不去，既無益，相反的也無害，自然也無危險了。登門拜訪還是擇日吧，今天暫且作罷。

儘管登門拜訪一事暫緩，但一想起昨日新橋的事，終究對浩一掛心不已，無論如何都想弔念摯友。我寫不出弔念的句子，就算有文采，記述彼此半生的友情而投稿雜誌那種事，單憑我這枝筆還是成不了事。那沒有辦法了嗎？啊，有了，就去寺院憑弔參拜。浩一尚未從松樹山的戰壕爬上來，不過他的遺髮遠渡重洋，埋葬在駒込的寂光院[5]。我決定去到那裡參拜，於是從西片町的家中出發。

初冬時節，又稱小春，光聽這個名稱，就如同熟柿子令人舒心。尤其是今年不若往常，特別溫暖，穿上一件夾棉外褂即能出門，著實一派輕鬆舒服。我

5 夏目漱石杜撰的寺院。

一邊揣著前端已磨斜的手杖，一邊眺望說是依據大師[6]筆墨雕刻的「寂光院」匾額，然後走進大門。畢竟是精舍，門內蕭條卻打掃得一塵不染。讓人頗為歡喜自在。尤其那如肌膚纖細的紅土既不泥濘也不乾涸，一如固執含著陽光的景色令人打從心底感激。西片町是學者町嗎？我不知道，但近來不要說雅致的房屋了，町內處處的房屋住宅就連土牆的顏色也讓人看了心情浮躁。是因為學者變多了嗎？或是身為學者就不再講究風雅了？我還未研究到這個地步，所以不得其解，不過來到如此廣闊的寺院內，我一雙平時只能甘於學者町的眼睛，不禁羨慕起僧侶的生活。大門的左右泰然豎立著粗約二尺左右的赤松，恐怕打從百年前就在此。鷹揚威武的模樣，令人心安。以前說什麼神無月的松樹落葉[7]，然而這裡絲毫不見松樹落葉的景象，只見松樹蟠伏的樹根從乾淨的泥土裡露出二、三寸盡是瘤的骨幹，那恐怕是老僧或小僧，還是處理庶務的僧侶或門房，基於個性的執著，每天大約要打掃個三回吧。看著左右的松樹，再往前走個五十公尺即到了路盡頭的正殿，其右邊是僧侶的住所。正殿的正面懸掛著

6意指江戶時代初期的書法家刻意模仿弘法大師的筆墨字跡。
7神無月是陰曆十月，藉以形容禪寺神聖冷凜的氣氛。

金墨的匾額，不知是鳥糞還是什麼黏在紙上，斑斑點點汙穢了書寫者的神聖。八角形的櫸木柱上有著堂堂的草書對聯，像是表態「讀得懂就讀吧！」果然是讀不懂。既然讀不懂，肯定就是名家之作了，說不定還是王羲之呢。每回瞧見好似了不起又讀不懂的字，我總認定是王羲之所寫。若不推給王羲之，好似不能發思古之情了。從正殿的右手邊，再往左繞去即是墓園，入口處有棵妖怪銀杏。那個「妖怪」可不是我加上去的，聽說這一帶無人不知寂光院的妖怪銀杏。不過若不是什麼妖怪變的，又怎能長得如此高大。約是三人環抱的粗壯大樹。若是往年此時節，葉子已落，變得光禿禿，在勁風中搖曳呻吟。然而今年的氣候完全走樣，高高的枝幹依稀掛著美麗的葉子。由下仰望時，像是一望無際沐浴著和煦陽光的金黃色雲朵，處處猶如玳瑁，閃耀著奪目的光彩。縱使無風，雲朵飄飄落下。由於輕薄，葉子也無聲地落下。同時，落下的時間也頗長，直到離枝著地，時而迎光時而背光，綻放各種色澤。儘管千變萬化卻又不焦不急的模樣，極其豐富，極其恬靜地降落下來。因此看來不是落下，像是在空中搖曳著嬉戲著。就是閒靜。——若以為不動的才最閒靜，那可就錯了。靜止的大面積中有一個點是動的，才能懂得那一點以外的靜。況且，那一點動的感覺又不能過度，畢竟那一點的動，本身還帶有空寂的神韻，而且搖曳到足以令人反思到其他部分肅靜的樣態——此際才最能帶來寂靜之感。這正是銀杏葉在無風之際飄落的風情。而無止盡的葉子不辭早晚飄落而下，所以樹下鋪著無以數計直到看不見地面的扇形小葉子。看來連僧侶都無力顧及這裡，是為逃避清理的麻煩，或是喜好眺望堆積的落葉而故意棄之不顧。總之，真是美極了。

我站在妖怪銀杏樹下一會兒，時而上看時而下看，終於決定離開，走去墓園。據說這寺院是有歷史淵源的，處處可見安置在大型蓮花台上的墓碑。右手邊那個圍著柵欄的寫著「梅花院殿瘠鶴大居士」，想必是大名[8]或旗本[9]之墓。其中也有極其簡略且不足尺寸者，上面以楷書雕刻著「慈雲童子」，應該是小孩，所以才如此小。除此之外，還有許多墓碑雕刻著法號，大家像說好似的，全是古老的模樣。也不是近來沒有人死去，其實一如從前，年年同樣多的亡者變成寺院的顧客，從斑駁的匾額下鑽了進來，但是，他們一旦經過妖怪銀杏樹下，立刻就變成古老的亡魂。那也不能怪銀杏樹。在寺院僧侶的懇請下，大多

8相當藩主諸侯。
9近代的武士階級。

數施主都不再佔去原本已不廣闊的墓園空地，而是將方死去的亡魂祭送入歷代祖先墓中，浩一也是其中之一。

就古老這件事，在這個古老的墓園內，浩一的墓算是頗體面。何時修繕完成這個墓，已不得而知，不過浩一的父親進去了，浩一的祖父也進去了。既然連祖父都進去了，肯定稱不上是新墓。雖老舊，取而代之的是佔了地形優勢。與毗鄰的寺院隔著高出一層的土牆，上面有著約三坪左右的平地，登上兩階石階後，盡頭的正中央就是浩一的祖父、父親、浩一一同長眠，河上家族世世代代之墓了。極易辨識找到，總之經過妖怪銀杏，往北直走三十六公尺即至。由於是我熟悉之處，今天照例循著往常的路走去，來到半路，不經意抬起頭望向自己要去祭拜的墓的方向。

一看！誰已經來了。弄不清是誰，對方背對著我，看似頻頻合掌膜拜。怎麼？是誰呢？雖不清楚是誰，但從遠處看來也知道不是男的。那身打扮，肯定是女的。若是女的，莫非是浩一的母親。我生性漫不經心，對女人的穿著打扮實在不曾關心在意，不過浩一的母親倒是經常繫著黑緞腰帶。然而那個女人的腰帶——從後面看來實在太引人側目了，繫在她身後的那個腰帶絕不是黑色的啊，而是光彩奪目且漂亮的腰帶。是年輕女子啊！我忍不住在心裡吶喊著。如此一來，我倒是有些尷尬，究竟該前進還是後退，不禁停下腳步想了想。女子渾然不知，依然殷切地祭拜河上家的世世代代。我感覺不宜靠近，卻也不覺得到了做錯事該逃的地步。就在不知如何是好時，女人突然起身站了起來。她身後是毗鄰寺院的孟宗竹林，茂盛碧綠到看似冷冽，而她毅然地站在那片翠綠深邃的竹林前。襯著北側的背陽，女子的臉龐在幽暗中猶如浮現出來般顯得蒼白。是個大眼、臉頰緊實、後頸修長的女子。她的右手垂著，指尖擰著手帕一角。那手帕如雪的白，在幽暗的竹林中更顯得亮眼。除了那臉龐與手帕潔白得跳脫出來之外，瞬間我什麼也沒看見。

我已來到這個歲數，見過的女人也多了。大街上、電車上、公園內、音樂會、劇場、節慶日，說是隨時見得到，也是如此啊。但是，再也沒有比此時見到更訝異的事了。同時，也沒有比此時更覺得對方是如此美麗。我連浩一都忘了，連祭拜墓的事也忘了，甚至忘了這是多麼不敬之事，只是顧著緊盯那白皙的臉龐與雪白的手帕。那女子作夢也沒想到方才一直有人在身後，就在她準備回去跨出步伐之際，似乎看到茫然佇立在原地的我，頓時停在石階上頭。由下眺望的我的眼，以及由上俯視的她的視線，在相隔九公尺的距離終於遇上。女子立刻低下頭，然後那白透了的臉頰，像是朱砂融化後從裡面滲了出來，暈染出濃濃的顏色，眼看著從臉頰擴散到耳根，赤紅一片。我像做了件殘忍的事，心想掉頭回到妖怪銀杏樹處吧。但那麼一來，反而會讓她以為我是悄悄跟蹤在後。話雖如此，茫然地看得入神也是失禮。所謂「陷之死地然後生」的兵法，現在不如趁勢前進了，我既是來墓園祭拜，也無什麼奇怪之處，倒是猶豫不前，更令人心生可疑。我下定決心，拿起手裡的手杖，理直氣壯地往女子的方向走去。結果，女子依然低頭走著，在石階下猶如逃走似的與我拂袖而過。瞬間香水草的香氣撲鼻而來。芳香濃郁，感覺像是冬日曬夾棉外褂時香味從背後滲了進去。女子經過後，我才終於安心沉穩，神智清醒了過來，因而又回過頭去看究竟是何人。這回運氣不好，竟然兩人的眼對上了眼。現在變成我站在石階上頭拄著手杖，女子在妖怪銀杏樹下，她扭轉著原本前行的身體往這裡抬頭望。無風，銀杏葉飄啊飄在女子的頭髮上、衣袖上、腰帶上。時間正值一時或一時半左右吧。去年冬天的此時刻，浩一在大風中拿著旗幟從散兵壕一躍而出。天空清澈得恰如掛著磨亮的劍，尤其在秋天轉為冬天之際，更顯高闊。如羅紗的雲，看不見絲毫飄忽的跡象，但如果雲也有翅膀得以高飛，肯定能飛到天涯海角吧。不過，這樣的天空令人想到，無論高飛到何處，終究到不了盡頭，於是仰望這樣的天空時經常聯想到「無限」。這樣無限永遠、無限遙遠、無限安靜的天空，被妖怪銀杏不容分說劈開，凝聚起黃金的雲彩。而毗鄰的寂光院屋瓦也同樣橫劃去蒼穹的一部分，數十萬片堆疊得猶如黝黑的魚鱗，反射出溫暖的日影。——古老的天空、古老的銀杏樹、古老的寺院與古老的墳墓，寂寞地並存，而那美麗年輕的女子佇立在此。形成極度的對照。她背對著竹林站著時，我的眼睛只看見了白色的臉龐與白色的手帕，但這回映入眼裡的卻是打扮合身的衣著顏色，以及在和服正中央那節腰帶的顏色，尤顯醒目。像我這等不懂風雅的男子，可惜不能描述出條紋等細部的裝飾，唯獨配色確實是華麗的。那樣的質地，實在就連一分鐘也不該待在這寂寥的寺院內。其存在，著實讓人以為是從何處迷路才來到此，就像剪下了三越百貨賣場的片斷，掛在了落柿舍[10]的曬衣桿上，簡直是極端的對照。——女子站在妖怪銀杏樹下側身往回

10芭蕉的弟子向井去來位於京都嵯峨的別墅。

望，看來似乎想確認我要祭拜哪個墓，不巧我也好奇女子，遂站在石階上眺望，最後那女子乾脆往正殿方向走去。而銀杏葉紛紛落下，蓋住了暗黑的地面。

我目送女子的背影，想起不可思議的對照。以前，我曾在住吉的小祠見到藝妓。當時梳著島田髮髻站在細雨中的那個藝妓，比起往常更顯豔麗耀眼。我也曾在箱根的大地獄遇見約莫十六歲的西方人，原本周圍瀰漫著好似欲煮沸紅塵的駭人熱氣，一時之間沉穩與安慰之感迎面而來。所有的對照，大抵不外乎衍生出這兩種的結果，若不是削減了既有的銳利感，就是讓出現在視線內的事物得以比平時更鮮明地印入腦海裡，而這即是我們凡人所預想的對照。然而，現在我目睹的對象卻未能引發那樣的感覺。既不是相除的對照，也不是相乘的對照。不但沒有削減我那懷舊、落寞、消極的心理狀態，這個打扮得美麗漂亮的女子容貌，若在音樂會或園遊會遇見，或許也不特別引人矚目。我走進寂光院大門時的情緒，彷若那度過人世的年齡正在逆行，回溯到父母尚未出生以前，多是懷舊的、落寞的、哀傷的，就連得以掌握的確切痕跡也無，僅是淡淡且消極的情懷。這份情懷，在我目睹那女子背對竹林佇立時，不僅絲毫未有矛盾之感，反而在我望見她於落葉間回過身的瞬間，更益發加深了。古老的寺院與斑駁的匾額，妖怪銀杏樹與不動松，交錯排列的墓碑——雕刻著亡者名的墓碑，以及如花的佳人，竟融合為一，流洩著圓熟無礙的感動，直擊我心。

如此強詞奪理，讀者閱讀至此，肯定不以為然。或許，還會有人恥笑是文人的妄語。不過，事實就是謊言也是事實。是文人也好，不是文人也好，書寫之事就是一如寫下的，不加油添醋。若文人真是有錯，暫且不論。畢竟我不是文人，只是住在西片町的學者。如果讀者還有疑惑，我就以學者的角度來說明這個問題吧。讀者應該知道莎士比亞的悲劇《馬克白》吧，馬克白夫婦共謀在寢室殺害君王鄧肯。才下手，隨即聽到不斷的敲門聲。門衛走了出來，一邊像醉漢嘮嘮叨叨、發音含糊地嘟囔著：「敲什麼敲啊！」這就是對照啊。即使是對照也非如一般的對照。殺人的現場，一旁猶如詠唱著都都逸[11]，也是對照。然而奇妙的是，並未因為插入這樣的滑稽場面而緩和了方才悽愴的光景，或得以讓事情告一段落，同時也未因滑稽事件的安排，得以讓可笑的程度更加倍。

11江戶末期遵循「七、七、七、五」音律數的口語詩，搭配三味弦演唱，內容多半是風花雪月的愛情故事。

若說什麼效果都無，可就壞事了，而是貫穿全劇的駭人、恐怖隨著這段詼諧更加提升沸騰。再說得誇張些，此際詼諧本身就是可怕、恐懼、悚然得令人起雞皮疙瘩的要素。若要論究原因，首先就得說起這些。

我們對事物的觀察，來自於過往的經驗驅使，實在是不由分說的事實。經驗的量，必然隨著頻率，以及單一場合承受的感動程度，而有了高低增減，倒也是不爭的事實。例如有人打從呱呱落地就睡在絲綢被褥上，一旦被奉承的經驗頻率增多，就會以為人們是生來對吾畢恭畢敬的，因而自大妄為。用錢買酒喝，用錢買妻妾，用錢買宅邸、朋友，乃至官位，這些人以為有錢就無所不能，於是斜眼鄙視著金庫，瞧不起人地將鼻尖對著遙遠的虛空。那怕僅有一次經驗，多半也不例外。像是遭遇過箔屋町大火災，導致家破人亡的老闆聽聞遠方起了大火，恐怕也嚇得臉色蒼白。或是，在濃尾大地震的瓦礫中被挖出的活佛高僧，從此聽到任何鐘聲，恐怕都不自覺地念起經。誠實的人，縱使畢生偷過一次東西，也不會遭到熟人的懷疑；而老愛嘻皮笑臉的男人，縱使十年裡有個半天做起正經事，也無人會認真看待。總而言之，我們的觀察終究是靠著過去的慣性完成。我們每個人的生活千種萬樣，而我們的慣性也隨著謀生、隨著職業、隨著年齡、隨著秉性，隨著性別各自不同。相同的道理，無論是觀劇也無論是閱讀小說，通篇也有所謂的調性，這個調性反映出讀者、觀眾的心，誠然也是一種的慣性使然。如果構成這個慣性的分子愈是猛烈，慣性本身也會愈加牢固，而衍生不容否定不容動搖的傾向。《馬克白》是刻意描寫妖女、毒婦、兇漢之行為動作的悲劇。讀來，從開頭直到門衛的滑稽，冥冥之中在讀者心裡衍生的唯一慣性，總結而言就是「恐怖」。過去已是恐怖，未來肯定還是恐怖，於是自然而然地自我無限擴展，以為接下來無論發生何事也都與這個恐怖有關，然而不得不說，其反應也是理所當然的。就像會暈船的人，即使上岸了，依然覺得地動天搖；一如天生膽怯的麻雀，總是懷疑稻草人就是真的老爺爺。因而，《馬克白》的讀者企圖將「恐怖」牽引到何處，且欲把「恐怖」冠在任何事物上之行為，實在也不足為奇了。就在萬事皆恐怖化而令人焦急之際，出現了門衛的打諢說笑，恐怕也難讓人視為尋常的插科打諢。

這世上存在著所謂的諷語，具有表裡不一的含義。例如老師是笨蛋的別稱，大將是匹夫的綽號，大家皆心知肚明。以此筆法書寫，凡對人謙遜時其實是在愚弄對方，讚揚對方時其實是大肆謾罵對方。表面的意思愈強烈，背地裡的含義也愈加深奧。比起用個鞠躬去愚弄別人，還不如跪著幫人把鞋擺好藉以奚落對方，力道更為深刻。再進一步思考這種心理狀態，我們遭遇的多數命題，都能解釋出相反的意思。因為每當我們思索著「啊，究竟是什麼意思？」時，照例慣性就會出現，為我們輕鬆做出解釋判斷。關於滑稽的解釋也是同樣道理。滑稽背後附著認真嚴肅，大笑深處藏著熱淚，閒聊底下可以聽到亡靈泣訴。若以凡事冠上恐怖的慣性，再依此養成的觀察能力去閱讀門衛的戲謔，究竟該從正面去解釋那個戲謔呢？還是要從背地裡去觀察呢？如果從背地裡去觀察，醉漢的妄語裡肯定也有令人毛骨悚然的畏懼之心。本來諷語，比起平鋪直敘，不僅是諷刺挖苦，而且更具深刻且後勁十足。看透了就連蟲子都避而遠之的美人本性，在揭露這位仙女即是毒蛇化身的剎那，其所犯下的罪惡比起同樣程度的罪惡，尤讓人心生深層的恐懼。這即是人類的諷語。在某些場合，比起常規出現的幽靈，白天的鬼怪更令人害怕。這也是諷語。假設你在破廟過夜，此時有人在庭園前一棵杉樹下跳起傳統的逗趣舞蹈，再怎麼逗趣想必也是駭人的。這也是一種諷語。《馬克白》的門衛即等同破廟的傳統逗趣舞蹈，所以若能明白《馬克白》的門衛，理應也能弄明白寂光院的美麗女子。

以百花之王自詡的牡丹，也有凋零的時候，此際的富貴之色，脆弱到不足以博取外行之士的憐憫。所謂的美人薄命，這個女子的壽命也讓人難以擔保。不過既是妙齡的女孩，總是充滿朝氣，前途帶有希望，讓人見了也心情愉快。不僅如此，無論是友禪[12]或絲綢，她身上穿戴的都是讓人眼睛一亮的色度，橫著看或豎著看，怎麼看都出落得亮麗，是春的景色。那樣的一個人——最美的那個人佇立在寂光院的墓園，佇立在四周皆陰鬱的、陳舊的、沉靜的景物裡。結果，那可愛的眼眸，那華麗的衣袖突然轉變了既有的面貌，沉入四周的蕭索，益發加深寺院內的寂寞。世間再也沒有什麼比墓園更為安詳的。然而，這女子在墓前踮起腳時，甚至比墓園還要安詳了。銀杏樹的黃葉是落寞的，更何況是妖怪，又更加落寞了。然而，這女子側著臉佇立在妖怪銀杏樹下時，那落寞彷彿銀杏樹的精靈都要從樹幹掙脫出來似的。她身上的服裝，只適合上野的音樂會，她的模樣，像是被邀請參加帝國飯店的晚宴，然而這女子為何好似與周邊的光景既相互映襯，又徒增落寞的樣態呢？因為這也是諷語。如果《馬克

12以染料染出圖案的織品。

白》的門衛是恐怖的，那麼寂光院的這個女子也必然是寂寞的。

一看浩一的墓，花筒裡插著菊花，就是開在牆角的那雛菊，盡是白色的。肯定也是這女子所為，不知她是從家中採了帶來？還是途中買來的？以為說不定還擱上名片，但我連花葉裡都偷瞄了，遍尋不著。她究竟是誰？我是打從高中開始，就與浩一親密往來的友人之一，也經常去到他家過夜，浩一的親戚大多見過。不過屈指數算，思來想去，就是憶不起有這樣的女子。那麼，不是親戚嗎？浩一的個性友善，交際面廣，卻從未聽他說起他有女朋友。不過即使他真的交上了，也不一定會告訴我。然而依浩一的個性，並不會隱瞞這種事，就算隱瞞了別人，也不可能對我隱瞞。這麼說來或許可笑，我知曉河上家家務事的詳細程度，幾乎已與河上家繼承人的浩一不相上下了。而且，所有的事都是浩一親口告訴我的。因此，就連與哪個女孩交往的這種事，倘若真有此事，他肯定會告訴我的。以他沒有告訴我的這一點看來，就是陌生女子了。不過，陌生女子實在沒有理由帶著花來祭拜浩一。這事奇怪，也有些詭異，不過我若追上前去，哪怕只是問問名字，都甚為怪異。若是乾脆靜默尾隨，看她去到哪裡，不也猶如偵探，我實在不想做出如此下流的事。我站在浩一的墓前想著，究竟該如何是好。去年的十一月，浩一跳進戰壕之後，直到今日都還未爬上來。就算我手持手杖敲打或乾脆徒手搖晃河上家世世代代的墓，浩一依舊沉睡在戰壕底下吧。儘管這樣美麗的女子帶著這般美麗的花朵前來致意，浩一猶然不知，依舊沉睡著吧。因此，浩一根本沒有必要打聽這個女子的來歷或姓名。既然浩一沒有打聽的必要，我則更加沒有了。不，這可不行。因為若依此理論，等於不許調查這個女子的身分。但是，那是錯誤的。為什麼有錯？這我得思索為什麼後才能說明，但眼前的情況是，我必須去問她個清楚。什麼都不問，心裡實在過不去。我趕緊飛也似地下石階，踢散了妖怪銀杏樹下的落葉，出了寂光院的大門，先往左邊看看，不在，再往右邊看，也不見蹤影。快步去到十字路口，往視線所及的東西南北望去，果然還是不見蹤影。終究還是跟丟了。無可奈何，還是去見浩一的母親，與她聊聊，說不定漸漸可以清楚狀況。

三

六張榻榻米大小的客廳坐北朝南，擦拭得乾淨的廊下一端放置著神代杉的手巾架。屋簷下，鐵鎖鏈吊掛著手提的圓形水桶，顯得頗為風雅，其下方有一叢木賊，更添情趣。竹籬笆圍牆的對向是二、三十坪的茶園，其間有三、四株的梅樹。綑在籬笆上的竹竿，曬著洗好後翻面的白色足袋，旁邊則倒扣著一個灑水器。我看著籬笆底下一簇簇盛開的雛菊，像是累累綴著的白玉，「真是漂亮啊！」我對浩一的母親說道。

「因為今年天氣特別暖和，才能開得這麼久，那也是浩一最喜歡的菊花……。」

「咦，他喜歡的是白色的嗎？」

「他說他最喜歡白色、小小的，像豆子大小的，還帶回了連根的，費心栽種。」

「原來如此，原來有那回事啊。」我說著，內心卻隱隱不安。寂光院的花筒裡插的正是這品種的菊花啊。

「伯母，最近可曾去寺院祭拜？」

「沒有，前陣子有些感冒，躺了五、六天，所以好久沒去寺院了。——但就算在家，也沒能忘記——不過一上了年紀，就連去澡堂也覺得麻煩。」

「偶而到外面走走，對身體也好，最近天氣挺好的……。」

「謝謝你的好意。親戚朋友也很擔心我，給了諸多建議，倒是我實在沒什麼氣力，再加上也無人肯特意來帶我這個老婆子出門。」

話至此，我總是詞窮，實在不知該說些什麼才能擺脫僵局。無可奈何，只好拖長聲調說了「啊——。」他母親的神情略帶不滿。我心想糟糕了，但也不試圖打圓場，淨望著梅樹上跳來跳去的四十雀。話題被打斷了，他母親只得沉默不語。

「要是親戚中有年輕的姑娘，這個時候就能陪陪您了。」我一邊說，一邊對笨拙的自己能說出如此驚人的話語，著實感到佩服。

「可惜的是沒有那樣的姑娘啊。況且是別人家的孩子，總還是有所顧忌……我想啊，要是當初娶了媳婦，這個時候心裡也踏實了，真是遺憾啊。」

照例又提到媳婦了。每回我來，沒有一次不提到媳婦的。想給適婚年紀的兒子娶媳婦，固然是做父母親的常情，但未讓死去的兒子先娶個媳婦而感覺遺憾，實在有些不合道理。人情世故是這般的嗎？我還未步入老年，或許不懂，但總覺得略異於一般的常識啊。與其一個人寂寞生活，還不如讓自己也滿意的媳婦照顧，想必任何人都覺得多份依靠吧。但是，如果從媳婦的立場設身處地來看呢？結婚後不到半年，丈夫即出征，以為戰爭終於結束了，沒想到他竟戰死了。她才過二十歲或還不到，從此與婆婆兩人終其一生。怎有如此殘酷的事啊。浩一的母親道出的老人立場，固然是合理的泣訴，不過也是過分任性的心願啊。她認為老人就該如何如何，內心滿是不平，一旦我輕忽說出了違背她的話語，隨即陷入招致她不悅的危險。我特意前來安慰她，卻總是失策，我也真是太沒有用了。於是我做好心理準備，打定沉默不語，反而讓話題轉到了相反的方向。我是個天性正直的人，但活在這世上若要不惹人怨度日，終究得說謊。正直與生活在人世，如果可以兩立，我也打算立刻不再說謊了。

「真是遺憾的事啊，究竟浩一為何沒娶妻結婚呢？」

「不是啊，也是到處物色，沒想到剛好就去旅順了。」

「這麼說來，他本人是打算結婚的？」

「那個啊……。」浩一的母親說到此，突然沉默。那神情略不一樣，看來或許隱藏著寂光院事件的伏筆。坦白說，此際我壓根沒思量到浩一的事或他母親的事，滿腦子只想知道那個不可思議的女子來歷，以及她與浩一的關係。這一天，我不再是往日那個有同情心的動物，而是徹底冷靜，變成所謂好奇獸的傢伙。畢竟身為人，每日每日都會變得不同。變成壞人的翌日，又轉變成善男，白天是小人，到了晚上又是君子。有個老師吹噓說男人的性格是可以掌握的，他真是高明的笨蛋啊，連研究每日每日自己的能力都沒有了，才會吐露出那樣旁若無人的囈語，然後沾沾自喜。我以為，再也沒有比偵探更劣等的職業了，然而那個不敢對人宣告展現什麼的自己，如今卻以全然偵探的態度面對事情，實在是頗令人訝異的狀況。原本稍顯吞吞吐吐的浩一母親，突然以堅定的語調說道，「關於這件事，浩一跟你說了什麼嗎？」

「您是說結婚的事嗎？」

「嗯，他有提過喜歡誰的事嗎？」

「沒有。」我答道，不過這個問題，正是我必須問問浩一母親的問題啊。

「他有跟伯母您提過這件事嗎？」

「沒有。」

希望的線索就此切斷了。無可奈何，我又把視線轉向庭院，四十雀已不知飛去哪裡，那白菊的顏色在濕潤黑土的襯托下更顯耀眼。此際，突然想起前幾天提到的日記之事。浩一的母親不知情，我也不知情的那個女子之事，莫非寫在日記裡了。縱使沒有明確的記述，大略讀過後總會有什麼線索吧。浩一母親身為女人，也許不能理解發生了什麼，但由我看來肯定能猜出個什麼。趁此，不如我就看看日記吧。

「前些日子您提到了日記，那裡面沒有寫著什麼嗎？」

「是啊，還沒看之前我什麼也沒多想，就是因為看了……。」浩一的母親突然聲淚俱下。我又惹哭她了，就是因為如此，才叫我不知如何是好。儘管不知如何是好，看來的確是寫了什麼。既然如此，哭也好，不哭也好，就不管她了。

「日記裡寫著什麼了？請務必讓我看看吧！」當時我如此用力地說道，但如今回想起來依然覺得丟臉。浩一的母親起身，走進了屋裡。

不久，她拉開拉門，拿了一本袖珍型筆記本走了出來。封面是褐色的皮革，乍看之下猶如皮夾。看似被早晚揣在懷裡，褐色的地方都泛黑了，被手的油垢磨得光亮。我默默接過日記，準備開始讀時突然正門嘩啦地被打開，傳來一聲「打擾了！」真不湊巧，有來客。浩一的母親作勢要我快藏起來，我趕緊把筆記本揣進懷裡，然後問：「我可以回家再看嗎？」他母親一邊看著玄關的方向，一邊回道：「可以的。」不久，女傭進來稟告某某先生登門拜訪。我既已無事，況且還有這日記，還是早點回去讀吧。於是打了聲招呼即離開，走向久堅町的街上。

穿過傳通院的後面，順著表町的坡道往下走，一邊思考。無論如何都是小說了，僅有近似小說才會顯得不自然。不過，從現在開始即將探究事件的真相，一旦明瞭整體的來龍去脈，這些不自然自然就消失了。總之是有趣的。探索是非——說是探索，似乎不是挺愉快——那就先說是探究吧。必須看作探究是非，這麼說來，昨天沒有跟蹤那女子，實在遺憾。如果日後見不到那個女子，這個事件也無法真相大白了。顧慮著不介入，卻錯失了大好機會，真是可惜了。原來過度重視品德，太過高尚，得到的結果就是如此了。身而為人，若不帶點小偷的成分，做什麼事都無法成功。做個紳士固然不錯，但在不傷及紳士的體面之範圍內，如果不能發揮小偷本性，好不容易做個紳士，仍難以以紳士之姿遍行天下。毫無小偷氣息的純粹紳士，多半落得橫死路邊的命運。好吧，自此要變得下流些。想著這些無聊的事，我竟不知不覺來到柳町的橋上，一輛人力車從水道橋那邊朝白山方向奔馳而過。車子經過我面前，不過幾秒的時間，就在我張開胡思亂想的眼眸往車上一瞧之際，車上的乘客已從我的視野中消失。那個人的模樣呢？當我察覺即是寂光院的那位時，她已遠去到九、十公尺外之處了。現在就是變得下流的時候啊，就是現在。我已毫無顧忌，準備追上去，腳底下的木屐朝向那個方向，但就這麼徒步追車未免太下流了。除非是瘋了，否則怎會做出如此愚蠢的事。車、車、車呢？環顧四面八方，偏偏不見一輛車。才一會兒，寂光院那位已不知去向，奔馳遠方。已經來不及了。非得像個瘋子，非得變得下流，才能在這世間功成名就嗎？我不禁惘然地走回了西片町。

回到家，我先走進書房，從懷裡取出那本筆記本，無奈已是傍晚，光線昏暗。其實在路上我已瀏覽過，不過由於是以鉛筆潦草寫下，即使那時在明亮的地方也不易看個清楚。點了燈，女傭來說：「吃飯了！」我回說：「待會再吃。」隨即一頁頁看下去，內容淨是戰爭發生的事。而且，看來是忙碌之際好不容易偷閒記錄下來的，大多的事就一兩句帶過。

像是「風，在坑道內用餐。兩個飯糰，混著泥沙。」或是「入夜好似感冒，發燒。未去看病，照例工作。」「帳篷外的哨兵中彈，倒臥在帳篷內。留下血跡。」「五時大突擊。中隊全殲，不成功以終，遺憾！」那個遺憾底下的驚嘆號劃上了三個。不用說，這全是為了幫助記憶的備忘錄，絲毫不見像文章的文句，找不到修飾過字句或是雕琢過的痕跡，但是，我覺得非常有趣。我實在太喜歡這些僅是如實寫出當時情況的文句了，尤其還不帶世人使用的壯士口吻。舉凡怒髮衝冠之類、粗暴的俄國人之類、要讓醜陋敵人喪膽之類的那種既自以為是且庸俗廉價的詞句，皆未使用。我實在太喜歡這種文體了，不愧是浩一啊，不過最關鍵的寂光院事件尚未出現。逐漸讀下去，出現了約莫四行的文字，寫下後又劃槓消去。果然有些可疑，更覺得必須讀懂。我把筆記本襯在燈罩上，透著光仔細看。從第二行的槓線下竟露出了某個字的三分之二。像是「郵」這個字。之後費了好多功夫，才終於確定「郵局」這些字。「郵局」上面的字只看出了「大乡阝」。我對著燈光斟酌了三分鐘左右，終於看懂了。是「本鄉郵局」。釐清的僅有這些，除此之外的，無論透著看倒著看，終究還是不能讀懂，最後只好放棄。之後又讀了兩、三頁，突然有了大發現。「由於二、三日不能睡，勤務時在坑內打瞌睡。夢見在郵局遇見的那個女子。」

我不禁一驚。「只不過見上兩、三分鐘的女子，竟會夢見，真是不可思議。」從這句開始突然變得白話文了。「想必足以證明自己相當衰弱，不過也許，即使不衰弱也會夢見她吧，畢竟來到旅順後，已經夢見三次了。」

我拍著日記，喊著：「就是這個了！」難怪浩一的母親成天把媳婦掛在嘴上，因為她讀了這個。不知情的我卻在心裡批評她任性殘酷，真是我的錯。既然有這樣的女子存在，身為母親的，當然恨不得讓他們在一起，哪怕是一天也好吧。他母親嚷著「要是有媳婦就好！要是有媳婦就好！」過去我誤解而把一切歸咎於她不懂得分清楚自己的寂寞，實在是我的眼界不足啊。那些並不是任性的話語。而是暗藏著這樣的訊息，「在疼愛的兒子戰死前，縱使半個月也好，多想讓他能隨心所欲去做自己想做的事。」畢竟，男人都是漫不經心的。不過，既然我不知情，也無可奈何了。這些先暫且不論吧，這個女子本就是寂光院那位嗎？或是另有他人，浩一在郵局遇見的是別的女子呢？疑雲重重哪。這個疑問尚不能論定，僅有這些線索根本難以快速突破到做出結論的地步。儘管如此，倘若無些許想像之餘地，恐怕也難也做出任何的判斷了。假設浩一在郵局與那個女子相遇，那他必然不是去郵局玩，而應該是去買郵票，或是去寄或取匯票。

浩一在信封上貼郵票時，在一旁的那個女子肯定不知什麼因緣際會看見了寄信人的地址姓名。假使那個女子記住了浩一的地址姓名，假使這其中又添加入五分的小說因素，就難保寂光院事件不會發生了。依此就能理解女方的行為了，倒是浩一這邊顯得不可思議啊，為何只見過一面卻夢見好幾回呢？此時我實在需要些確切的證據，所以繼續讀下去，結果看到這樣的內容。「在近代的軍事攻略上，攻城可算是至難關之一。我軍在圍攻時的死傷之多，實不足為奇。這兩、三個月據我所知，死於城下的將校，不勝枚舉。死亡早晚襲擊我而來，我日夜聽著兩軍的炮火聲，莫非是現在？莫非是現在？等待著輪到我的時候。」果然，他看來已做了赴死的決心。十一月二十五日的寫著這些：「吾之命運終盡於明日。」接著卻又變成了白話文，「軍人為戰爭而死是理所當然的事。戰死是名譽的。就某個點來說，活著回到國內，猶如該死卻未能死。」戰死當天所寫的是：「這是僅限今日的生命啊。劏平二龍山的大砲聲響個不停。

死了，就聽不到那個聲音了吧？縱使耳朵什麼都不能聽見了，總有誰會來墳上看我吧？然後為我獻上白色的小菊花吧？寂光院是個幽靜之地。」接著是：「是強風。終於輪到我赴死了。我打算直到中彈倒地之前都要搖旗前進。母親，應該會冷吧。」日記在這裡，戛然而止。理應結束了。

我默默闔上日記，卻不斷想起那個女人。那輛車駛往白山的方向，她肯定與白山有著地緣關係。就算是白山那邊的人，也不見得不會到本鄉的郵局。不過，白山地廣，徒步尋找就連姓名也不知的人，怎麼可能馬上有答案呢。總之，這可不是今晚來得及解決的簡單問題。無可奈何，吃過晚餐，決定當晚還是睡吧。其實就算讀書，心頭茫茫得如面對大海，也不知道書上寫些什麼。不得已只好就寢，然而躺在被窩裡仍不得其果，終夜難眠。

翌日去到學校，一如平常講課，但心中仍在意著那件事，總不如以往專心於課業。就算回到辦公室，也無心與其他教職員談話。等不到放學時間，逕自又去到寂光院看看，卻不見那女子的身影。昨日的菊花在豔綠竹林的映襯下，宛如雪的糰子。之後，我從白山步行蜿蜒來回在原町、林町一帶，終究毫無線索。那晚，由於太過疲倦，唯獨睡覺一事，得以安眠。不過一到早上，上課仍不盡心，一如昨日。第三天我找了一名教員，問他：「白山那裡，可有美麗的女子？」他說：「嗯，很多。」趁著放學之際，我追上一位學生，問他：「你住在白山那裡嗎？」他回答：「不是，是森川町。」但我總不能為了這件事，便展開如此愚蠢的騷擾行為吧，於是決定一如往常，沉著和緩地探究此事。因而那晚不再焦慮煩躁，照例靜默走進書房，繼續研究前陣子以來的考據調查。

近來我考據調查的是關於遺傳這個大哉問。我既不是醫生，也不是生物學家。因此對於遺傳，當然不具備專業上的知識。因為無，所以激發了我的好奇心，近來由於一偶然事件，引起了我企圖知曉關於這個問題的起源、發展的歷史，或是最近的相關學說等。自此開始了這方面的研究。

若一言以蔽之，所謂的遺傳看似頗單純，但逐漸研究下去才知道是複雜的問題，單單研究這件事就足以花上一輩子了。孟德爾遺傳學說、奥古斯特．魏斯曼的理論、恩斯特．海克爾、其學生奥斯卡．赫特維希的研究、赫伯特．史賓賽的進化心理學說，不同的人物也提出各種各樣的學說。因此，今晚我打算一如往常在書房裡閱讀新出版的英國人卡維斯．里德[13]之著作，但漫不經心的，僅讀了兩、三頁。不知怎麼回事，那本日記裡的事又打亂我的思緒，讓我讀不下書。我不許自己這樣，再翻開下一頁，這回寂光院又襲來。好不容易驅逐了，以為又可以繼續讀個五、六頁，沒想到浩一母親穿著短外褂的身影竟浮上書頁。既然下定決心做好讀書這件事，絕無讀不下的道理。儘管如此，讀著讀著書頁與書頁之間竟混入了狂言[14]。我不理會，還是讀下去，結果那狂言與文本之間逐漸靠近，最後竟不知何處開始是狂言，直到哪裡是文本，模糊難辨。猶如夢境，就那麼持續五、六分鐘之久吧，突然腦中如通電了般，頓時清醒，「對了，這個問題是遺傳才能解開的，如果能了解遺傳即能解開問題。」我的口中也同時冒出了這句話。直到方才，都僅只是不可思議的小說，讓人心神不寧，直想難道沒有辦法澄清疑惑嗎？只有逮到當事人問個清楚，似乎沒有

13 本段提到的國外學者：孟德爾遺傳學說（Mendelism）、奧古斯特．魏斯曼（August Weismann，德國演化生物學家）、恩斯特．海克爾（Ernst Heinrich Philipp August Haeckel，德國動物學家）、奧斯卡．赫特維希（Oscar Hertwig，德國動物學家）、赫伯特．史賓賽（Herbert Spencer，英國哲學家）、卡維斯．里德（Carveth Read，英國哲學家）。

14 即興的喜劇，經常穿插在能劇中。

更快解惑的方法了，然而最後面對的是朋友無盡的冷漠，不然就是自己只能像個收破銅爛鐵的流連在駒込。因為這個問題已是當事人支配權以外的問題了，即便找到當事人，明瞭了事情真相，也無法解開不可思議之處了。因為從當事人口中得知真相，本身就極不可思議，更遑論緩解我的疑惑。從前，此現象稱為因果。因果適用於動不動就放棄的人、愛哭鬼、無法成功出人頭地的人。既然一口咬定是因果，也許就能以因果塵埃落定了。然而二十世紀的文明，不把這個因鑽研徹底可不罷休。而且我以為，想要鑽研那個如戲劇如夢幻現象的因，非得靠遺傳，否則別無他法。本應該逮住那個女子，然後弄清楚她究竟與日記中的女子是同一人，還是另有其人，以此作為遺傳之研究的開端才是順理成章，奈何現在我連她的住所都不知道，只得改變順序，從他們的血統考究，但不能從下往上一代溯源，取而代之的是從過去推演至今，除此之外已無其他辦法。不過，無論何者都會歸結到同樣的結果，因此無妨。

既然如此，為何無論如何也要調查兩人的血統呢？女方究竟是誰，實在不得而知，只得先從男方開始著手調查。浩一出生於東京，是東京人。打聽的結果，浩一的父親出生於江戶，也死於江戶，因此也是江戶人。他的爺爺、他爺爺的父親皆是江戶人。也就是說，浩一一家世世代代居住在東京，但事實上既不屬於町人[15]也不是幕臣。打聽的結果，原來浩一家是紀州的藩士，在江戶值勤之故，遂世世代代生活在此。然而僅知道是紀州的家臣，已是十足的線索了，畢竟紀州的藩士雖有幾百人吧，但現今移居東京者，想必沒那麼眾多。況且，如那個女子一身出眾的服裝打扮，其身分肯定是藩主人家相關者。既是藩主人家的相關者，立刻就能查到其姓名了。這是我的假設。不過如果那個女子與浩一並非同藩，這個事件依舊未能明朗，只能將其拋諸腦後，順其自然來往於寂光院，等待邂逅的時機，除此之外別無他法。但是，萬一我的假設確定，而後大抵如同我所考量的發展下去。我的考量是，浩一的祖先與那女子的祖先之間必然有著某種關連，基於那個因果，於是衍生了這樣的現象。這是第二個假設。如此虛構下來，漸漸變得有趣，已不僅單純滿足我的好奇心，對目前的研究也提供了最富趣味的材料，足以成為極具意義的工作。隨著我的態度有了這樣的變化，心情也突然輕鬆了起來。方才覺得自己落敗得像狗、像偵探等的

15江戶時代居住在江戶的職人或商人。

下流人物，為此腦中不愉快的濃度增加，但既然這個假設成立，我又成為了堂堂正正的漢子。這事件理應屬於學問上的研究領域，我反思，實在不必有絲毫愧疚。做任何事，只要懂得反思，即具相當的正當理由[16]。所以察覺自己有錯時，理當靜默反思。

翌日，在學校我向來自和歌山縣的某同事問道，「你的家鄉可有熟知藩歷史的老人？」這個同事想了想說：「有的。」再請教他那老人是何人物，他回答得有些奇妙：「原本是家老[17]，現在改稱家令[18]，依然健在。」若是家令，肯定更好辦事，也必然知曉平常出入藩宅邸的人物之姓名職業。

「那個老人還記得以前的許多事嗎？」

「嗯，他什麼都知道啊，據說維新時可是幫了了許多事，還是使長槍的高手。」

不擅使長槍也無妨，只要他不年老氣衰，記得過去藩裡發生的異聞奇談就

16 justification。
17 幕府時代的諸侯家臣。
18 皇族貴族的管家。

好。我感覺繼續默默聽著，似乎話題就要離題了。

「既然還擔任家令的工作，想必記事還牢靠吧？」

「牢靠得過火了啊。宅邸的人，大家都受不了他啊，雖已近八十了，看來那身子可真是被打造得結實啊。問他本人，他說全是槍術的功勞。而且，每早起床第一件事就是耍槍……。」

「槍的事就算了，可以介紹那個老人給我認識嗎？」

「隨時都可以啊。」

在一旁的同事笑道，「你既要找白山的美麗女子，又要找記憶好的老人，真是忙碌啊！」我完全顧不上那些，只要能見到這位老人，大概就能應驗自己的判斷準不準確了。恨不得早一刻見到面，遂請同事寫信問對方何時方便。

毫無音訊地過了二、三天後，同事告知好不容易有了回音，「若要見面，請明天三時左右過來一趟。」我無比歡喜。那晚不禁任意猜測事件的各種發展，總之，我以為的真相將有七成會從暗中被拉到光天化日之下吧。如此一想，我對此事件採取的行動——與其說是行動，更近似靈機一動吧，果然頗為巧妙。無知識的人，根本不可能思考到這個點上；即使有知識的人，若無才氣，終究難以有效運用，我一邊躺在被褥上，一邊想得得意。達文西公開進化論時，威廉．哈密頓發明四元數時，大概也是這個模樣吧，肯定是一個人自以為是的，畢竟自家的澀柿子好過蔬果店買的蘋果。

翌日學校僅上課到中午，我等不及，花了二十五錢車資搭車去到麻布，趕著去見老人。我刻意不說出老人的名字了，看樣子是位健朗的老爺爺，蓄著細長的白鬍子，穿著帶有家紋的黑色和服搭配八王子織布的條紋袴。他說：「哎呀，你是某某的朋友吧！」提及了同事的名字。我簡直被當作小孩對待，他那樣對待即將做出大發明且對學界有貢獻的我，實在是有些傲慢。不過如今回想起來，不是對方傲慢，而是我太過驕傲了，也許是我把人家尋常的應對當作傲慢了。

之後，我們說了兩、三句的客套話，終於進入正題。

「我想問件奇妙的事，貴藩有名叫河上的人嗎？」我雖是個讀書人，總還是不習慣這類的客套話。一般說是藩，但既然是對方，為了表示尊敬，似乎得改稱為貴藩吧。至今，我仍搞不清楚這樣的場合該如何稱呼啊。老人似乎有些笑意。

「河上——有個叫河上的。河上才三，他擔任留守居[19]，他的孩子貢五郎也是江戶值勤——他就是在旅順戰死的浩一父親啊——你是浩一的朋友吧？那可真是，哎呀，太遺憾的事了啊——他母親應該還在世吧……。」他自顧自地說明著。

倘若是要打聽河上一家的事，實在沒有必要特意前來麻布。我提起河上，是想知道河上與某人的關係，但是，我根本連某人的姓名都不知道，實在沒辦法開啟話題。

「關於河上，有什麼有趣的事嗎？」

老人面露奇妙神情望著我，不久鬱鬱地開口說道，「河上？我剛才可是提到了好幾個河上呢，你想問哪個河上的事呢？」

「哪個河上都好。」

「你說有趣的事，像是什麼事？」

「什麼事都好，我需要一些資料？」

19江戶時代，大名諸侯在江戶的宅邸，擔任起幕府與其他大名諸侯連繫之工作。

「資料？做什麼用？」，真是麻煩的老爺爺啊。

「剛好在調查一些事。」

「那個啊，貢五郎可真是熱血正義之士，維新時總是義憤填膺的——有時還提著長刀來我這裡爭論呢，……。」

「不，不是這方面的事，而是像家裡發生的事，有趣的，即使至今還讓人記得的那種事件呢？」

老人默默地思索著。

「貢五郎的父親是個怎樣的人啊？」

「才三啊，他很溫柔和善，——活像你所認識的那個浩一啊，簡直一模一樣。」

「相像嗎？」我忍不住大聲說道。

「啊，實在很相像啊。當時還未發生維新事務，不僅局勢穩定，且擔任留守居，聽說他花了不少錢做些風雅的事。」

「關於這個人，有無什麼豔聞——說豔聞，也許有些奇怪——有嗎？」

「呀啊，關於才三，有個悲傷的故事。那時有個名叫小野田帶刀、俸祿二百石[20]的武士，他家剛好位在河上家的對面。這個帶刀有個女兒，可說是藩中第一美人啊。」

「原來如此。」終於漸漸露出線索了。

「由於兩家是對向的鄰居，朝夕往來，一來一往之間這個女孩竟愛慕起才三。據說鬧得非嫁給才三，否則去尋死的地步——哎呀，女人真是難以應付啊——直哭著說要嫁過去。」

「嗯，最後如願了嗎？」看來線索的發展頗佳。

「於是，帶刀託人去跟才三的父母親商量，對方回覆說，其實才三也非常想娶那個女孩。就那樣，事情進展到已經訂下了結婚的日子。」

「真好啊。」我嘴裡雖這樣說，但內心卻膽怯著，萬一他們真結婚了，恐怕事情就難辦了。

「到目前真的很好啊——但是天外飛來了阻礙。」

「啊！」我心想可不是嘛。

---

20 一石等於約二十公斤的白米。

「當時國[21]的家老有個與才三年齡相仿的兒子，那個少爺也愛慕著帶刀的女兒，無論如何都想娶她，一打聽才知道，她與才三家已有約定。就算家老擁有勢力，事到如此也無可奈何。但是那個少爺從小與君主一起長大，非常受君主的喜愛，——不知從何處做了怎樣的事，君主旨意，下令帶刀把女兒嫁給那個少爺。」

「真是悲慘啊！」我儘管這麼說，但由於不出自己所料，心中其實不勝愉快。由此看來，也許我也該高興，我就連朋友死亡這等的不幸之事也猜準了。當某人告誡他人：「要不多加衣服，可會感冒啊！」但被告誡的當事人毫不以為意，而且還健康得活蹦亂跳時，某人心裡可就不舒服了，恨不得讓當事人患上感冒。人啊，就是這樣自以為是，可不是只有我。

「的確是悲慘啊，既然是君主的旨意，就算是兩家私下有了約定，也沒有辦法了。因此，帶刀因女兒之事，終於與河上家撕破臉了。若兩家一如從前對向而居，可說是諸事不順，於是我父親安排帶刀回鄉工作，河上繼續留在江

21 相當於現在的縣。

戶。河上在江戶時揮霍用錢，也全是為了排解那樣的遺憾吧。這件事啊，我直到現在才告訴你，在當時關係到兩家的顏面，可是秘而不宣的事，大多的人都不知曉。」

「您還記得那個美麗女孩的模樣嗎？」我問了一個對自己來說頗重要的問題。

「當然記得，我當時也還年輕。年輕人總特別注意美麗的女孩啊。」他皺起已滿是皺紋的臉，哈哈大笑。

「什麼模樣？」

「你問什麼模樣，倒也難以形容。不過，血統這件事是不容爭論的啊，長得頗似現在那個小野田的妹妹。——你認識嗎，也是大學畢業——工學博士的小野田。」

「是白山那個嗎？」我認為已經沒問題了，放膽說出了口，接著又窺看老人的神色。

「果然你也認識啊，住在原町。那個女孩好像還未出嫁。——有時會來與我們宅邸的大小姐作伴。」

猜中了，猜中了，打聽到此已足夠了。從一至十，皆正如我預測的。再也沒有什麼比此更令人開心。寂光院的肯定就是小野田家的千金。連我也想不到自己是如此聰明的才子。我生平主張的「喜好的遺傳」之理論，現在終於出現足以驗證的完整案例了。羅密歐初見茱麗葉，就認定命中注定是這個女子，其實是基於先祖數十年的經驗後得到的。伊萊恩初邂逅蘭斯洛[22]，她固執地認定就是這個男人，其實也是父母未出生以前的記憶與情緒在經過漫長時間後，重現於腦海中。二十世紀的人們缺乏詩情，見到一見鍾情的男女就說人家輕佻，說像是小說，說怎麼有這種蠢事。縱使愚蠢，事實終究是不得扭曲的，也不能顛倒是非的。未見識不可思議現象以前就算了，倘若見識後還冷漠地說：「哪有那種事！」那就是見識過的人愚蠢。如此這般，若以學術性、研究性的調查看來，至少某些程度必須達到符合二十世紀的說明才行。我一路自以為是地思考下來，才突然察覺有件略微棘手的事。根據老人的說詞，他既認識小野田家的千金，也記得浩一戰死之事。這麼說來，由於同藩緣故，那兩人想必平時即

22亞瑟傳說中的圓桌武士之一。

出入這宅邸，也相互照過面了，說不定還說過話呢。如此一來，我所標榜的「喜好的遺傳」之新學說，其論據就會變得薄弱。畢竟兩人在本鄉郵局初次邂逅的假設不能成立，一切會顯得棘手。我心想，浩一從未說過他進出德川家宅邸的事，所以應該沒問題吧。況且日記裡寫的是那樣，應該錯不了吧。不過，為了慎重起見，我還是決定一問。

「您剛才提到浩一的名字，浩一生前常來這宅邸嗎？」

「沒有啊，我只是聽聞過他的名字，——誠如我方才跟你說的，儘管他父親與我可是徹夜激烈辯論的關係，不過我僅在他五、六歲時見過他——事實上，貢五郎早逝，所以之後也不再往來這宅邸了，——從那以後，從未再見過面了。」

是啊，若不這樣的話，事情可就兜不攏了。首先，關係到證明我的理論。如此一來，我可安心了。與老人告辭後準備打道回府，老人也許有生以來初見如此奇怪的客人吧，他站在玄關送我，直到我走出大門回過頭去，他還站在那裡目送。

關於之後的事，我就簡單地敘述。正如先前所提的，我並非文人。若是文人，接下來才是大展身手的時候，但我僅是個專心研究或讀書的人，實在無暇長篇大論地寫些類似小說的東西。在新橋見到歡迎軍隊的情況，基於感慨而追憶浩一，而後在寂光院遭逢不可思議之事，若能以學術角度思考此現象，乃至佐以充足的說明，只要讀者認同於此，即達到此篇的主旨了。事實上，我開始書寫之際，由於太過興奮，極盡所能詳細描述，但由於不熟悉書寫之事，不是敘述過多，就是引用了不必要的感想，自己重讀時甚至覺得細碎詳細到可笑。不過書寫到此，我反而覺得厭了。若依之前的寫法，接下來要描寫將來的發展，恐怕必須耗費五、六十頁吧。但學期考試已近，再加上不得不研究那個遺傳學說，實在沒有舞弄那種筆墨的時間。不僅如此，既然寂光院事件的說明才是此篇骨幹，所以好不容易書寫至此，覺得已經夠了，心一安也突然毫無繼續寫下去的氣力了。

與老人見面後，依事件的順序，我理應與那位小野田工學博士晤面。這並非困難之事。經由那位同事介紹引薦，很快就得以見面說話了。二、三回拜訪期間，因緣際會下也見到了博士的妹妹。如我所推測的，他妹妹即是寂光院那位。與他妹妹見面時，我以為她又會羞怯得臉發紅，沒想到她顯得淡然，與平時並無異，讓我略感意外。至此，事情進展順利，唯一困難的事，我不知該如何說出浩一的事。因為是敏感的問題，不得輕率聞問打聽。儘管如此，不聞問，又似乎不圓滿。就我個人來說，今日既已滿足學術上的好奇心，實在也沒有必要過度介入，再進行無意義的調查。然而，浩一的母親對於那個女子的事，想必非得打聽到底。日本與西方不同，尚不盛行男女的交際往來，單身的我與未婚的那個妹妹，面對面坐著交談的機會甚少，即使有，輕率地就把話說白了，只是害得少女面紅耳赤，或是迫使她乾脆說不知道以敷衍跳過話題。倘若她哥哥也在場，就更令人難啟齒了。與其說是難以啟齒，也許這件事本就不該問起吧。祭拜墓地之事，若博士是知曉的，那倒還好；如果根本不知情，我可不是做了擅自揭露人家秘密的粗魯之事。如此一來，就算如何賣弄遺傳學，也無濟於事了。就算是自以為才子、得意地東奔西走的我，事至此，也進退兩難了。最終決定把事情一一告知浩一的母親，並詢問她的建議，果然，女人實在頗有智慧。

浩一的母親吩咐我：「你就跟博士拜託說：『最近有個女人的兒子在旅順戰死了，日日夜夜孤寂地過日子。我想去安慰她，但身為男人實在不懂安慰，所以想請您妹妹有空時可否登門去那裡坐坐。』」我立刻前去博士家，猶如鸚鵡學舌般把那話照說了一遍，博士不說二話，隨即答應。因此，浩一的母親與小姐時常見面。愈見面，感情也愈好，一起去散步、吃飯，簡直就像媳婦似的。終於浩一的母親拿出浩一的日記給她看。我心想當時小姐會說什麼呢，據說她回答：「所以我才去祭拜啊。」又問：「為何是帶著白菊去祭拜？」她又答道：「因為我最喜歡白菊。」

我看見膚色黝黑的將軍，看見被老婦人掛著倚著的中士，聽見「哇啊！」的歡呼聲，然後流下了淚。浩一跳進戰壕後再也沒有爬上來，也無人來迎接浩一。這世間惦記著浩一的，恐怕只有浩一的母親與這個小姐了。每回我看見她們兩人親密的模樣，比起見到將軍時，比起見到中士時，流下了更清澈更潔白的眼淚。然而，博士好似什麼都不知情。

國家圖書館出版品預行編目資料

夏目漱石中短篇選集／夏目漱石著、陳柏瑤譯.—— 初版 —— 臺中市：好讀, 2021.8 面：公分，——（典藏經典；137）

ISBN 978-986-178-556-1（平裝）

861.57 110011419

好讀出版

典藏經典137

夏目漱石中短篇選集

作者／夏目漱石
翻譯／陳柏瑤
總編輯／鄧茵茵
文字編輯／莊銘桓
行銷企畫／劉恩綺
發行所／好讀出版有限公司
台中市407西屯區工業30路1號
台中市407西屯區大有街13號（編輯部）
TEL:04-23157795 FAX:04-23144188 http://howdo.morningstar.com.tw
（如對本書編輯或內容有意見，請來電或上網告訴我們）
法律顧問　陳思成律師

讀者服務專線／TEL：02-23672044 / 04-23595819#230
讀者傳真專線／FAX：02-23635741 / 04-23595493
讀者專用信箱／E-mail：service@morningstar.com.tw
網路書店／http : //www.morningstar.com.tw
郵政劃撥／15060393（知己圖書股份有限公司）
印刷／上好印刷股份有限公司
如有破損或裝訂錯誤，請寄回知己圖書更換

初版／2021年8月15日
定價／280元
如有破損或裝訂錯誤，請寄回台中市407工業區30路1號更換（好讀倉儲部收）

Published by How Do Publishing Co., LTD.
2021 Printed in Taiwan
ISBN 978-986-178-556-1